廁所裡的花子
都市傳說 第二部 1
笭菁 著

都市傳説 第二部 1：廁所裡的花子

楔子

十月底，氣候異變之際，該入秋的天氣依然炎熱非常，女孩們大口喝著大杯全冰飲料才勉強能消暑。

幸好今天還有點風，她們也不想一直待在室內吹冷氣，所以才到學校僻靜的大樹下野餐，麵包或飯糰加飲料就是一餐，等等下午還有課。

「天氣不知道要熱到什麼時候！」長髮女孩仰起頭，「眞希望再涼一點！」

「氣候異變很難啦，夏天很熱、冬天就爆冷，都快沒有秋天了！」另一個女孩邊說邊紮著馬尾，「欸，小月，妳有參加社團嗎？」

小月搖搖頭，「象徵性的而已，但我想轉學應該不會去，轉學得花很多時間唸書，應該沒時間參加社團。」

「哇，這麼早就準備了！轉學？妳不考慮先轉系嗎？」馬尾女孩有點驚訝，才開學沒多久耶！

「不想待在這裡了，轉學考競爭激烈，當然一開學就要開始準備！」她微笑以對，「所以妳有參加社團嗎？」

「兩個！」她比了個二，「一個是校友會，一個是熱舞社！」

哇！小月超訝異的，熱舞社等於要花很多時間在社團上耶，看來會是個完全忙碌的大學生活了！

她不行，一旦打算考轉學考，就必須準備萬全，真的沒時間參加社團，任何一點會浪費到唸書時間的活動，只怕大一都得犧牲掉。

「妳這樣不會太無趣嗎？大學就是要參加社團啊！」馬尾女孩替她可惜，「所以學校是意外填到的嗎？」

「是啊！我沒想到的事太多了！我希望一次就轉學成功。」小月淺笑，「沒關係，我有我的規劃，我本來也沒有對哪個社團有興趣啦！」

其實無論要不要轉學，對她而言，利用大學四年尋找未來的方向、吸收更多東西才是她的重點，一旦畢業後就沒有那麼悠閒的時間，能夠自由汲取知識了。

眼看著上課時間快到了，女孩們匆匆收東西，往就近的垃圾桶丟棄後，看見了在樹後的獨立化妝室。

「上個廁所好了。」小月走進小徑裡，「我都不知道這邊有廁所耶！」

「有啦，只是這邊比較偏僻一點，不過好像附近就這一間獨立廁所了。」馬

尾女孩跟上，她還想順便補個妝。

廁所很小巧，是獨立建造的，男女生均有，女生廁所裡只有兩間廁間而已，小月先進去，馬尾女孩才準備補妝，卻感受到口袋裡的手機震動，拎著包包又走了出去。

嘰——空中突然傳來有人用指甲刮門的聲音，惹得小月竄起雞皮疙瘩。

餘音未落，再一聲指甲抓門板的聲響，這次更用力更長也更久——嘰。

「喂！」她顫了一下身子，「不要鬧啦！」

「夠了喔！」小月有點不爽了，她就很怕那種聲音啊！

起身回頭喊著，卻突然看見中隔牆的縫下有東西一閃而縮——咦？

她愣愣的看著地板接縫處，剛剛那是什麼？為什麼好像有什麼本來在那邊卻躲起來似的？

「欸？小愉？」她再喚了一次同學的名字，該不會是……變態吧？

廁間外面沒有回應，她才意識到好像一直沒聽見小愉的聲音。

所以，小月嚥了口口水，是變態嗎？她們學校是開放式校園，最近也很多變態躲在廁間偷拍的事件，該不會用手機剛剛從隔壁底下伸手過來拍吧？噁心！

小月立刻衝出廁間，要在對方逃離前堵住他！

結果一衝出來，卻發現隔壁廁間根本沒鎖，指示鎖上顯示綠色，她猛然推開門，眞的空無一人！

有跑這麼快的嗎？她從發現到衝出來才幾秒，也沒聽見誰跑出去的聲音啊！可惡！小月即刻衝出洗手間，她離開小徑直到石板大道上，舉目所及也沒看見任何人！再回身往右，看見的卻是拿著手機一臉錯愕的小愉。

「妳怎麼了？」小愉愣愣的看著她，她就在女廁外講電話，就見小月莫名其妙的衝出來。

「妳一直都在外面嗎？」小月問著，「有沒有看見一個變態從裡面衝出來？」

「變態？」小愉拔高了音，「沒……我沒看到有人啊！」

小月立刻繞了廁所一周尋找，學校太大，這間廁所位在花圃中，老實說根本三百六十度處處是路線，對方大可以不走石板大路，踩過土壤跨過灌木叢從別條路走就好了。

「可惡！」小月踅回洗手間，「我好像被偷拍了！」

「咦？」小愉驚呼出聲，這下子她就不敢上廁所了啦！

「死變態！混帳！」小月不爽的扭開水龍頭，那速度未免也太輕巧太迅速了

吧！

沒有開門的聲音可以解釋爲對方沒上鎖，事實上她進廁間時，兩間門上都是綠色顯示，的確沒人；問題是推門而出、跑出去總要有聲音啊？而且小愉就在門口講電話，怎麼會沒看見？

「妳確定嗎？」小愉想的是另一種，「會不會是錯覺啊？」

「我親眼看到有影子在下面偷窺，是我回身才跑掉的！更別說我還聽見指甲刮門板的聲音耶！」小月斬釘截鐵的說著，「早知道我就不該打草驚蛇，應該二話不說出來就打開廁所門，逮個正著！」

「這樣好像更危險耶！萬一他變態對妳不軌怎麼辦？」小愉的想法倒是合理。煩！想到自己可能被偷拍，小月就渾身不舒服的想吐！小愉提議先去跟校方報備檢舉，看能不能加強這邊的巡邏！

要走出女廁時想想不甘心，再度回眸看著小巧的廁所，往天花板的甘蔗板看去……這裡有地方可以躲嗎？

「死變態，你還在嗎？」她驀地大喊。

小愉一怔，打了她一下，「拜託！白痴才會回答妳好嗎！」

『我……在……』

一陣輕幽細微、囁嚅的女孩聲音，幽幽的從左手邊、裡面的廁間裡傳來。

兩個女孩僵直了身子，都以爲自己聽錯了，然後……看著那扇門緩緩的往外推了開。

一吋、一吋……

「哇啊——」

沒人等到門打開，兩個女孩已經尖叫著衝出了廁所。

『我……在……啊……』

第一章
從零開始

A大，位在輕軌A大站，其社團發展極爲蓬勃，尤其數年前最知名的社團莫過於「都市傳說社」，該社團涉入多起特殊案件與失蹤案，且學生均認爲案件由都市傳說引起，雖然警方沒有直接證實，但該社團紀錄卻載明於臉書中，傳聞甚囂塵上。

由於紀錄非常詳盡，因此廣爲流傳，與社會案件不謀而合，曾經紅極一時；即使傳說紛紜，更有多人指爲捏造、「創作」，但依然引起大眾好奇心，讓更多對難解之事好奇的學生爭相加入，共同研究都市傳說。

所謂都市傳說，是一種鄉野奇談，在過去的年代叫奇談軼事，發生在現代就稱爲「都市傳說」，只是不同年代的稱呼罷了。

怪談、傳說、軼事，不同代名詞但說的都是相同的事，而在第一屆「都市傳說社」中發生的諸多事件，到現在仍令人津津樂道：

玩「一個人的捉迷藏」的女大生胸口插刀死於非命，爾後更發生火災；再來是校外彎道連續發生嚴重車禍，目擊者指稱騎車時，在後照鏡看見「紅衣小女孩」在後面追逐不放，都市傳說社更意外尋獲失蹤多年的屍體；「樓下的男人」除了引發多起失蹤案件外，都市傳說社也協助警方在校園池塘裡打撈起多年前失蹤女學生的屍骨。

「第十三個書架」伴隨著是連續高中生割頸自殺事件，學生精神崩潰後伴隨刎頸自盡的駭人新聞，最後甚至出現無故死在家中，但體內被蟲啃噬乾淨的案子；「裂嘴女」事件發生於某高中女校附近，當時發生分屍或割喉案，尤其連幼稚園的小女孩都沒放過，喧騰一時；「試衣間的暗門」，進入試衣間後失蹤的人們越來越多，但沒有任何證據證明失蹤者確實有進去過該服飾店，多是同伴的片面之詞。

「瑪莉的電話」，不停打電話來的人，竟是當年丟棄的娃娃，當時在外縣市也是一連串的意外墜樓事故，甚至意外發現了孩童藏屍案；聖誕夜時在KTV裡發生「聖誕老人」連續殺人事件，爾後多數重傷害，都指向一個持斧的聖誕老人，但最後依然成爲懸案。

學校附近某大樓改裝前發生老師女友失蹤事件，都市傳說社將此事件記載爲「隙間女」，失蹤女人接二連三，爾後竟在同層租屋裡發現空姐屍骨；再來更是駭人聽聞，屬於S大與A大的大紀事，兩校「都市傳說社」共同春訓，最後死亡者眾、據說是因爲S大蓋了一棟「消失的房間」集訓地，根本是親自設計了都市傳說。

「血腥瑪麗」，S大附屬高中校慶，多名學生全身放血而死，連警衛也死於非命。

「如月車站」，這是最駭人聽聞的都市傳說，這件事至今仍是最讓人難忘的都市傳說，因爲A大的第一屆都市傳說社社長，傳說至今還未從如月車站裡回來。

集結了驚悚與恐懼的「都市傳說社」，依然讓人趨之若鶩，只是近幾年來變得沉寂，若說有什麼類似的事件，最後也多半都是社會案件或是腦補的想像誤會，並不若當年的盛行。

「都市傳說社」沒有都市傳說就像足球社不踢球一樣，漸漸的從最大社團變成空有一堆幽靈社員的空社團。

儘管社團性質在「詭異」的地位上難以撼動，但狂熱者趨緩，也沒再發生過大事，「都市傳說社」變成只是討論都市傳說的社團，說的都是老生常談、了無新意。

所以，其他社團對於他們佔用最大的社辦非常有意見，因此——

高大的男孩抱著一尊假人模特兒進入窄小的房間，假人模特兒上半身圖案非常特殊，有一半是肌膚的六塊肌模樣、另一半卻是像解剖教學的肌肉束圖，自額頭開始一路到腰部，一半正常、一半肌肉，相當詭異，下半身則是普通的假人模

特兒模樣，卻是鎮社之寶之一。

「嘿！就放這裡好了！」男孩把假人模特兒擱在一進門的邊邊，「我記得這是衣帽架，冬天可以掛外套的。」

正在擺桌子的另一個藍紫色頭髮的男孩皺起眉，「我個人認爲它眞的有點噁心。」

「別這麼說，以前的社長可是很寶貝它的。」帥氣的男孩聳聳肩，「別忘了這可是一定要保留的東西。」

藍紫髮男孩左顧右盼，跑到他旁邊附耳，「我看社長就一副很想把它丟掉的樣子。」

童胤恒挑了眉，「他只要一丟，我就跟學姐說！」

「嘖，認識小靜學姐了不起喔！」小蛙嘖了一聲。

「不過我覺得社長不敢對這些東西動手。」童胤恒勾起笑容，他跟小靜學姐沒多熟，只是很久以前發生血腥瑪麗事件時，是他在上學途中發現屍體，因此才有交集。

但正是從那個事件，讓他對都市傳說產生興趣，努力的考上A大，就爲了進「都市傳說社」！

「招牌掛哪裡啊？」社長正跟副社長在討論，「我覺得這塊木頭快爛掉了耶，掛在外面好嗎？」

社長康晉翊手上拿著一塊木板，上頭刻著「都市傳說社」五個大字，聽說這是從「第十三個書架」的殘骸中取得的木板片，爾後夏天社長製成了「都市傳說社」的招牌。

「當然要掛在外面啊，處理一下就好了。」童胤恒主動走上前，「學長，我來幫忙整理吧，清洗乾淨後再上防護漆，就應該沒問題了！」

康晉翊轉頭，有點遲疑，「童子軍，大家都用統一學校發的牌子，我們……」

「這塊牌子是都市傳說社的特色，不能廢。」童胤恒很認真的看著他，「這是都市傳說的一部分耶！」

副社簡子芸瞇起眼，「就是這樣我才會毛毛的，負能量太大！你看看現在都市傳說社的現狀！」

現狀？童胤恒回首，看著小小的社辦。

幽靈社員太多，再加上沒有什麼特殊的事件，「都市傳說社」沒落得很快，雖說社員名單高達五百餘名，但事實上常到社團裡的根本十人不到，連幹部都興趣缺缺，搞得社長跟副社幾乎兼了所有職務。

前幾屆申請的社辦太大了，顯得冷清空曠，爾後其他社團因應崛起，有人需要更大的空間，「都市傳說社」不該佔著不放，於是現任社長便決定換到一個最適合他們的角落。

不但直接搬出社辦大樓，還挑了校園最安靜的地方——舊社辦，那陳舊的鐵皮屋角落。

這兒現存的社團數量非常少，多是需要場地的社團，鐵皮屋只有一排是社辦，其餘全是空地；其一是熱舞社，他們需要空間排舞；第二就是話劇社，他們也是需場地排練；三是演辯社，因爲他們常要討論練習演講，所以需要不會吵到別人的環境。

一樓平房鐵皮屋，只有四個社團，社團長條型一排，剩下的一整片空地大家都能自由運用。而「都市傳說社」，就搬到西邊邊角，最後一間，僅八坪大小，茶几、沙發、一張辦公桌，其他都是椅凳，但也已經足夠。

「這些事跟招牌沒有關係。」童胤恒笑笑，主動接過招牌，「我來處理好嗎？」

「隨你吧！」康晉翊聳了聳肩，他也不擅長處理那塊木板。

康晉翊其實是個很爲難的角色，他當初對都市傳說極有熱忱，才會加入社團，但結果跟想像的落差太大！既沒人來找「都市傳說社」委託任何事件，也沒有人遇到都市傳說，大家都只能討論過去發生的事情，其實眞的很無趣。

社員一個個離開，他大二後莫名其妙變成社長，票選那天他根本還沒來咧！他不討厭「都市傳說社」，他依然熱愛都市傳說，但是這份熱誠卻隨著光陰逝去而減少，沒有同好的感覺也很辛苦，所以他決定從大社辦換到這陳舊的小鐵皮屋，不想再去面對其他人的目光。

或許有人會覺得「都市傳說社」是在他手上敗壞的，他也無所謂，社員已經不多了，這樣大小的空間反而讓他覺得溫馨。

現在會常常到社辦來的也就這四個了，他、副社簡子芸、新生童胤恒，還有一樣一年級的小蛙。

「其實這樣挺清幽的。」簡子芸是極度神經質的女生，但也非常細心，嬌小可愛，對都市傳說亦情有獨鍾，「至少不必面對空蕩蕩的社辦。」

「我也這麼覺得。」童胤恒拿著掃把經過，正要好好打掃新社辦。

連搬家也只有他們四個人，明明都發了通知，不過這種吃力不討好的事大概也沒人想沾吧！

康晉翊無奈的拿著抹布擦拭架子，他正努力維持熱情，深怕再磨下去，熱情

也有被澆熄的時候，唉。

四個人在社團內外忙裡忙外，小蛙正努力擦著社辦外牆，招生海報得記得貼在這外……面……他轉頭，看見門口站著一個女生，狐疑的往裡頭瞧。

「嗨。」他主動打招呼，「請問找誰？」

「我找……都市傳說社。」女孩用很困惑的神情打量著裡面，「我聽說搬到這裡來了，但是……」

從頭走到尾，只有這一間沒有招牌，但前面都很明確的不是「都市傳說社」啊。

「咦？汪……汪聿芃？」從外面折回的童胤恒嚇了一跳，「妳是汪聿芃吧？」

汪聿芃回過身，抬頭看著高大的男生，「咦咦咦！童子軍！你也在A大!?」

「嗯，我沒想到妳也是！」他有些高興。

汪聿芃回答，「還挺巧的！」

汪聿芃畢業於S大附屬高中，血腥瑪麗事件就起源於當時的校慶驚奇屋，當時她就是驚奇屋的統籌，也是她發現怪異的端倪；而童胤恒則是T高的學生，上學途中發現屍體，後來汪聿芃曾請他幫忙，他還記得她莫名其妙打電話給他，還說「她現在沒有可以相信的人」。

唯有局外人的他。

不過也只有因爲那次事件小聊了一下，互加了LINE跟ＦＢ，但跟大部分ＦＢ好友列表一樣，是百分之九十不會聯繫的那位。

汪聿芃是個很有特色的女生，非常有特色……神經迴路與邏輯跟一般人都不同，常不按牌理出牌，也聽不懂笑話，不會看人臉色，你在說東她會突然講西，可是卻也常會發現到常人沒留意到的細節。

她可能只是ＣＰＵ構造不同，需要跑得久一點……

「怎麼到這裡來了？」他好奇的問，她手上還捏著一張紙。

「我在找都市傳說社。」她認眞的看著裡面，「我認得那個假人耶……就這裡嗎？」

「咦？對……對！」童胤恒有點詫異，「我們剛搬過來，所以正在清洗。」

「噢。」她應了聲，逕自就走進社辦裡。

她先環顧四周，而且是一種怕人家不知道的觀察法，從上看到下、從左看到右，面無表情，所以社長也抓不準她這種打量是什麼意思。

「我社長康晉翊。」他主動上前了，「同學是……」

她正首，直視著康晉翊，然後回頭看向童胤恒，「爲什麼你不是社長？」

童胤恒抽了口氣，「同學，我大一。」大一當什麼社長啦，菜鳥新人好嗎！

「是喔。」她用一種無可奈何的語調說著，「那好吧！」

好吧？什麼叫好吧！康晉翊皺起眉，有種被羞辱的感覺。

「妳想找碴嗎？」康晉翊果然不客氣了。

站在汪聿芃身後的童胤恒連忙搖首，示意社長千萬不要問，因為汪聿芃有問必答啊啊啊！

「沒有啊。」汪聿芃總是認真回答，「我只是實話實說，我覺得你不像社長。」

啊……童胤恒忍不住用手扶額，就說不要問她了嘛！

「喂！妳是——」

簡子芸瞬間站到社長面前，硬是用身體把他往後擋，笑吟吟的看向汪聿芃，「同學您好，要入社嗎？」

「嗯。」汪聿芃用力點頭，總算有人問對問題了。

「太好了，歡迎！」簡子芸到她剛整理好的架子上取出入社申請書，把茶几上的物品先挪到一邊去，好讓汪聿芃有位子填寫。

汪聿芃立刻坐下來填表，童胤恒倒覺得有趣，挨著她坐下。「喂，妳為什麼

現在才加入？」

她頓了三秒，用極度不解的神情望著他，「什麼意思？現在不能加了嗎？」

「十月底了耶，喜歡都市傳說的話應該開學就加了啊，海報街的招募活動這麼大！」他可是開學第一天就殺去報到了。

「噢。」她很認眞的思考著，筆頭在下巴點呀點的，似乎幾秒後想不出所以然，決定先繼續塡寫資料要緊。

圍在桌邊的其他人三個人不解的看著她，再瞄向童胤恒，他只是比一個噓，正常正常，相處過後就會知道，汪聿芃的電波跟大家不是同一個頻率的。

「因爲我並不是很喜歡都市傳說吧！」她遞出報名表的瞬間，說了一個令人咋舌的話。

簡子芸伸出的手都僵掉，完全不知道該接不該接。

「妳不喜歡都市傳說，爲什麼要加入啊？」連小蛙都忍不住發難了。

「因爲我打算從現在開始喜歡啊！」汪聿芃說得理所當然，「加入後我就要去瞭解、去熟悉，進而去喜歡……」

她一邊說、一邊笑看著童胤恒，這是她踏進來後第一次劃上微笑。

「呃？對著我笑這樣有點詭異……」童胤恒嚥了口口水。

「你知道的嘛，血腥瑪麗啊！」她認眞的說。

「我知道啊，我是因爲那件事就喜歡都市傳說了！」童胤恒轉了轉眼珠子，「不會吧，我知道妳很LAG，但這也太久了，兩年又三個月？」

她遲頓了兩年又三個月才發現自己可能或許喜歡都市傳說？

「才不是。」這會兒反應又快了，「我覺得應該要好好認識都市傳說，我得相信當初遇到的是眞的！」

「……哇！」童胤恒簡直不敢相信，「汪聿芃，妳跟夏天社長他們在一起，看著同學被放血、從甲地瞬移到乙地，妳親眼所見，還認爲不是眞的？」

她爲難的皺起眉，嘆了口氣，「只是一時難以接受。」

「兩年三個月的『一時』有點長。」小蛙補充，一聽就知道跟童子軍遇到同件事的人啊。

「凡事要有契機啊！」她劃滿了微笑，「夏天學長的出現，讓我很想很想認識都市傳說！」

「是喔……」康晉翊很無力，「妳見過夏天學長……是在……」

他看向童胤恒，難不成兩年三個月之前？在那個血腥瑪麗的夏天？

「上禮拜。」她說得很自然，站起身，「有什麼需要我幫忙的，我都會做喔。」

上禮拜？社團裡四個人都愣住了……夏天，夏玄允學長，「都市傳說社」創社人，都市傳說狂熱者，在兩年前進入如月車站後，就沒有再出來了。

她逕自取過桌上的抹布，來幫忙擦架子好了。

「等等，汪聿芃。」童胤恒跳了起來，「妳上星期在哪裡看見夏天學長？妳知道他現在人應該在——」

「如月車站啊。」她再認真不過的看著他，「是他跟我說這麼好的社團應該要來參加……這裡擦了嗎？」

如月車站？她在如月車站見到夏天學長了！

「我的天哪！妳進如月車站了——」小蛙一馬當先衝過去。

「夏天學長還在那裡？你在哪裡看見的？車上？還是月台？」

「妳是怎麼出來的？進入如月車站的人怎麼能出來？」

「學長有跟妳說什麼嗎？他在那邊的狀況……跟原來長得一樣嗎？」

眾人你一言我一語，激動的問著，反而讓汪聿芃有點驚愕得吃不消，她圓著雙眼看著大家，一時無法處理過多的訊息。

「反正……我來加入社團的……」她皺起眉，「學長很好，我要……我去洗抹布。」

她低下頭，縮肩從大家中間穿過，飛快的衝出社辦。

「喂，汪什麼……」康晉翊急著再追問，童胤恒連忙攔下他。

「大家等等！她跟一般女生不一樣，我們太急了，一口氣問太多，她會受不了的。」童胤恒解釋道，「她反應比較慢，不懂得看臉色，思考迴路也跟我們不一樣，有話都是直……反正就是個怪人。」

簡子芸不可思議的看著他，「那遇到夏天學長的事……」

「我不認爲她會說謊。」童胤恒倒有些羨慕，「她說不定是眞的遇到了。」

夏天學長，眞的在如月車站裡啊……看起來如魚得水嗎？還能跟汪聿芃聊天，叫她參加「都市傳說社」？

這件事，該不該跟其他學長學姊說呢？

吵，好吵。汪聿芃拿著抹布到外面的洗手台去擰著，一堆人吱吱喳喳的她就覺得煩，問這麼多問題也難以吸收，反正就是夏天學長跟她說的，爲什麼要問這麼多……

「我沒騙人！」

哭泣聲與低吼聲傳來，又嚇得她滑掉抹布。

「我也聽見了！廁間裡眞的傳來聲音！」

在另一邊，有幾個人聚在一起談事情，聽起來有恐懼、也有哽咽。

「廁間明明沒人的，我本來以為是變態，可是現在回頭想想……」小月咬著指甲，「說不定在下面偷看……不，搞不好不是偷看，那個就存在於我看不見的空間！」

「小月說是變態，但我在外面也沒看見誰跑出來啊！」小愉跟著發抖，「門都沒上鎖，也檢查過沒人，可是、可是……」

「會不會是錯覺啊？其實眞的有人在裡面，只是鎖壞了……鎖用久會壞啊，不一定要鎖上才會變紅的嘛！」

「沒有，我一出廁所就看過了，隔壁沒人！」小月斬釘截鐵的說著，「除了我在洗手台邊外，裡頭絕對沒有人！」

所有人覺得有點發寒，搓搓手臂，「然後妳……」

「我只是亂吼的，故意嚇那個變態才問他在不在的……誰知道竟然有聲音回我了！」

咦？汪聿芃愣住了。

「呀……天哪！大白天的耶！」有女孩吃驚尖叫。

「她、她回什麼？」

「女孩子的聲音，就回說……」小月嚥了口口水。

「我在啊。」汪聿芃趨前，逕自接了口。

「哇呀——」七、八個女生被突如其來的聲音嚇得魂飛魄散，紛紛跳了起來。

汪聿芃拿著抹布距離她們幾公尺遠，好奇的亮著一雙眸子看著，女孩們看見是學生，又哭又怒的喊著。

「妳怎麼樣啦!?嚇人啊！」

「突然出聲很機車耶！」

唯有小月臉色慘白的看著她，「妳、妳為什麼會知道……她說了什麼?」

汪聿芃哦了一聲，逕自點頭，「是啊，是囉！」

邊說，她竟然自己回過了身子，邊自言自語的說要快點回去社辦，應該跟童子軍說這件事的。

「喂！妳為什麼會知道那個人回我什麼?」

止步，汪聿芃回過了頭，用再理所當然不過的眼神態度語氣看向女孩們。

「因為那是花子啊，廁所裡的花子。」

第二章
變態？

「廁所裡的花子？」

都市傳說社裡的眾人有些錯愕，看著喜出望外奔回的新社員。

「對，花子啊！」只見汪聿芃拿出手機，「我記得在社團的紀錄裡有，這是個非常有名的都市傳說！」

「嗯，在廁所裡如果問她在不在，她會回答你。」康晉翊簡短的說著，「妳怎麼會突然說這個？」

「我聽見有人在說這件事，空無一人的廁所裡，她本以爲是變態偷窺，結果沒見到人，隨口問著還有女孩回應她了呢。」汪聿芃跳躍的說著，「是小女生的聲音。」

童胤恒是第一時間放下手邊工作的，「妳確定是小女生？」

這問題問得汪聿芃一怔，她沉默以對，蹙起眉認眞回想剛剛那些女孩子的對話。

「好像……是？不知道！」最後她乾脆的聳肩，「是別人遇到的，她說是女孩子的聲音。」

「女孩子跟小女生是有差距的。」簡子芸一向非常嚴謹，「我們都是女孩，小女生可就有年紀差了。」

「花子是小女生吧？」小蛙回憶著，「我記得是小學生？還是幼稚園？」

康晉翊嘆了口氣，放下了手裡的撢子，「在我們學校發生的嗎？」

「對，在最偏遠的那個廁所，就是舊校舍那帶。」這點她倒聽得很清楚，「在花圃樹中有個獨棟的記得嗎？」

簡子芸微怔，「啊，我知道了，我共同科有到那邊去上過課，都靠近操場了。」

汪聿芃認眞的點著頭，重點她可一點都沒聽漏。

童胤恒倒是很困惑，他還沒走遍全校，她說的那間廁所連一點印象也無，怎麼汪聿芃已經都知道了？

「既然在學校不覺得奇怪嗎？花子要出現早出現了！」康晉翊懶洋洋的說著，「莫名其妙現在突然出現？」

「都市傳說是沒有原因、沒有來由、沒有解釋的存在。」汪聿芃飛快的背誦著社團第一要件，「過去沒出現過，不代表她現在不能出現啊！」

嘖嘖，第一天入社的傢伙已經把該背的都背下來了啊！

康晉翊為之語塞，「妳不懂，太多謊報或是誤會，妳怎麼能確定聽到的就是眞的？還有說不定是那些人的誤會，地處偏遠，搞不好就眞的是變態，只是她們沒看見！」

「嗯。」汪聿芃深表同意，「所以我們去看看吧！」

一票人錯愕的望著她，「現……現在？」

「我下堂沒課。」她邊說，已經從桌上拎起包包，「我要去問問看她在不在！」

餘音未落，她也沒等人，直接就走出去了。

社團裡站著四個發傻的人，直到背影都消失了，大家還是呆站在原地。

「所以？」小蛙尷尬的揚眉。

「我下堂有課啊！」童胤恒低咒著，卻抓著背包也往外衝，「喂，汪聿芃！等一下！」

簡子芸倒抽一口氣，「還有二十分鐘才下一節課，應該來得及吧！」再遠跑一下就到了。

大家互看了兩秒，各自懷著奇特的心情一道兒追了出去。

康晉翊覺得好像很久沒這種感覺了，「都市傳說社」缺乏這種動力很久了！不對，自他入社以來，就沒有過這種動力啊！

汪聿芃準確的往操場的方向走，童胤恒早早追上。

「妳爲什麼知道在哪裡？那邊很偏僻耶！」

「全校我都走過一遍了。」她回得很認眞，「開學不是都兩個月了！」

童胤恒反而答不出來了，「因爲我沒有課在這裡啊！」

「但這是你的學校啊！」她超認眞的反問。

懶得講，童胤恒放棄跟她爭論，汪聿芃認定對的事情是很難溝通的，而且電波不合，再聊下去會導致鬼打牆。

舊校區離鐵皮屋這裡有段距離，那兒幾乎是學校的另一邊了，相當偏遠，除了幾間陳舊的教室外，多半都是步道與花園；中間會經過行政大樓，然後沿著石板大道往下走，一路到操場就是像私塾似的一樓樓房，一整排間間相連，每間教室都非常寬敞。

只是因爲這附近都是樹木繁盛，灌木叢造景，夏季蚊蟲甚多，又沒有加裝冷氣，爾後新校區的新大樓一棟接一棟的興建，在教室足夠的前提下，這裡的使用率就越來越低了。

而且老實說，學生會自動跳過位在舊校舍的課。

這一帶的廁所很小巧，因爲學生不多，只有獨立的這間，跟另一個岔路口的男廁而已。獨立間的男女廁都一樣大，一牆之隔，各有兩間廁間，外型做得像是獨棟的茅草屋。

「這裡怎麼大白天就一副陰森樣！」小蛙忍不住抱怨，「四周都是大樹，樹蔭把光線都遮去了！」

「所以裡面很陰暗啊！」汪聿芃逕自走入小徑，事實上從石板大道到這鋪設七塊圓石板的小徑沒幾步路，上頭已被樹蔭遮蔽了。

站在女廁門口往裡瞧，氣窗也被樹葉遮擋，室內相當陰暗，而且因爲人煙稀少，所以也沒人開燈。

「男生這邊也一樣！」男生跑到男廁去看，「得開燈才行。」

簡單來說，這棟獨棟廁所是被包在一堆老樹中間的，廣闊的枝葉漫延，遮去了光線。

簡子芸有些不安的站在外頭，朝裡頭觀望著，不太敢進去。

「沒有人。」汪聿芃默默的說著，「廁所裡的花子怎麼問？直接喊還是敲門？」

「嗯……版本很多。」簡子芸面有難色，「有的版本好像是說敲第四間門十五下啊……」

啊？汪聿芃愣愣的看著迷你廁所，就只有兩間啊，根本沒有第四間啊……不

過，剛剛的女學生的確在這兒碰見的對吧？

「試試看。」她主動推開廁間門，裡面是蹲式馬桶，兩間都無人。門上的指示鎖也是綠色的，汪聿芃大膽的轉動鎖，證明鎖並沒有壞，安好無恙。簡子芸只敢在外頭看，實在不敢像汪聿芃這麼大膽。

檢查過後，汪聿芃讓門自然關上，然後仿效著簡子芸剛說的方式，開始敲門，叩叩，叩叩叩，左邊敲完換右邊、右邊敲完再輪到左邊，各敲十五下，認眞嚴肅到簡子芸都不明白她到底想幹嘛！

就只有兩扇門啊！敲門得要第四道啊！

「好。」她敲到滿意後，緩緩後退，一路退到了女廁門口。

簡子芸跟著緊繃起身體，男生都已經繞過來了，她趕緊比了噓示意噤聲，童胤恒詫異的瞪大眼睛，她要問了嗎？

「花子，妳在嗎？」

所有人屛氣凝神，這是種微妙的心情，好期待有人回答，但又眞怕萬一眞的有回應該怎麼辦？

花子，妳在嗎？

汪聿芃下意識的握緊雙拳，如果花子回答的話她該怎麼辦？傳說中的花子除了在廁間裡回應外，還會做出什麼事嗎？

小小的洗手間裡，沒有其他聲音，除了他們幾個人沉重的呼吸聲外，什麼回應都沒有。

康晉翊剛燃起的希望又被澆熄，他骨子裡很喜歡都市傳說的，但是……這眞的不是那麼輕易能遇到的。

全盛時期，也只在夏天學長那年代啊。

留意到汪聿芃有些失望的垂下肩頭，童胤恒伸手拍拍她。

「花子，妳在嗎？」冷不防的，汪聿芃又問了一次。

咦咦！大家立刻又警戒起來，是爲什麼要問這麼多次？她是打算問到人家回應爲止嗎？

又是沉默的一分鐘，除了風吹樹葉聲，沒有任何來自花子的回應。

「所以？」簡子芸皺起眉，「那幾個女生是怎麼了？」

「她們還有跟妳說什麼嗎？」小蛙積極的問，「是在我們那邊社團的嗎？」

嗯，童胤恒很認眞的打量著汪聿芃，他不覺得她會問這些問題。果不其然，汪聿芃略顯困惑的搖搖頭。

「爲什麼要問這個？我知道跟花子有關就跑回去找你們了。」她不解的看著大家，「我應該要問她們是誰？」

「我的天哪！小姐，汪小姐！總是要把事情問詳細啊，妳有沒有看過我們社團的紀錄本？尤其是郭學長的記錄？」康晉翊整個是佩服滿溢，「他會把事件記得一清二楚，詳細到妳無法想像。」

郭學長……郭岳洋嗎？汪聿芃回想著當初校慶的事件，他的確是一直抱著紀錄本在書寫。

「所以我以後得要問得很仔細？」她再問。

「嗯，如果妳不知道問些什麼，至少知道對方是誰、怎麼聯繫。」童胤恒盡可能慢慢的說，「像既然在我們鐵皮屋遇到，會不會剛好是我們那邊的社團？妳知道的，社團也不多……」

汪聿芃似懂非懂的點著頭，其實連童胤恒也不能確定她到底聽見了多少。

「花子只會待在一個地方嗎？」簡子芸突然看著洗手間，「還是她有特定回應的模式及對象？」

「我剛剛已經敲門了。」汪聿芃望著那兩扇門，「敲一敲，呼喚，花子應該都會回答的。」

小蛙有些緊張的深呼吸，「欸，我想問……萬一如果她回答的話，你們打算怎麼辦？」

咻……一陣風從外頭刮了進來，刮起一堆塵土落葉，大家縮起身子別開眼睛，就怕塵土飛進眼裡。

汪聿芃壓著頭髮，突然覺得有種發麻的感覺，望著自己的手臂，雞皮疙瘩竟一顆顆立起。

這種感覺……有點像那天坐上奇怪列車的感覺。

一種說不上來的詭異感，不到毛骨悚然，但就是會使人發毛，覺得氛圍似乎改變了……空氣、氣氛，都不像是平常所熟悉的……唰。

細微的聲響讓汪聿芃倏地正首，童胤恒也似是聽見了什麼，他們雙雙往廁間看去，聲音是從左邊那道門傳出來的。

其他人在外側，只能聽見落葉掃地的聲音，沒辦法聽見裡面的聲響。

聽見了吧？汪聿芃圓著雙眼瞅著童胤恒，眞的有一個聲音從左邊那間傳來，他們誰也不敢輕舉妄動，只是站在原地，盡可能仔細的觀察著這狹小廁所裡任何有不正常的一切……

左邊那道門上的顏色變了，紅色。

「這裡風怎麼那麼大啦！」小蛙在那邊抱怨著，此時此刻，遠處鐘聲響起。

噹噹噹噹，下課鐘聲，代表下一堂課即將在十分鐘後開始。

「啊，我有課喔！剛好在另一端，我得先走了！」簡子芸說著，不忘拍拍汪聿芃，「欸，走了啦，你們……」

話說到一半，她卻哽住了。

若說現在「都市傳說社」裡最細心的人是誰，除了簡子芸外無人能出其右；她細心到一種神經質的地步，是那種一點點細微變化都能注意到的類型，所以才會是總務兼學藝。

刺眼的紅映入她臉簾，她狐疑的抬起按在汪聿芃肩上的手指去。

「妳去調的嗎？」

汪聿芃搖搖頭，小蛙跟康晉翊都好奇的往她們靠近。

「剛剛，」簡子芸沉著聲音說，「我親眼看見妳敲門前，兩扇門的鎖都是好的，是綠色的。」

汪聿芃再點點頭。

所以，現在爲什麼是紅的？

風從氣窗從門口吹進去，甚至也從兩間廁間上的氣窗流洩而入，因爲門是內推的，所以廁間裡的風再大，也只是把門吹得更緊而已。

喀啦喀啦，右手邊那道門就會輕微的碰撞，因爲它在內外兩種風的夾擊下，總會開啓那麼一公分小縫，又被吹關上，發出喀喀喀的噪音。

但很明顯，左手邊那道門的動靜截然不同，或許它也有會發出喀喀聲，但是幅度絕對沒有右邊那扇來得廣，眞的就像已經鎖上一樣。

「妳們在看什麼？」狀況外的兩個男人好奇的探頭，「好緊繃喔。」

童胤恒沒敢說，他現在專心的看著身邊的汪聿芃，非常怕她……做出驚人之舉。

汪聿芃忽然張嘴，「花……」

電光石火間，簡子芸飛快的摀住她的嘴——童胤恒倒抽一口氣，就是這種驚人之舉！

在這個時候問花子在不在是幹什麼啦！

小蛙跟康晉翊被她們激烈的舉動嚇到了，而且簡子芸下一秒立刻扣著汪聿芃倒退往外拖，康晉翊才想問到底怎麼回事時——唰。

這次沒有風聲，這次大家都在女廁的範圍，那門閂轉開的聲音實在太明顯，令人完全無法忽視，紅色轉成了綠色。

門鎖開了，是否代表……狂風再掃入，吹得左邊那扇門往內咿……

「哇！走了！」童胤恒大喝一聲，立即旋身扣著汪聿芃直往外面衝。

康晉翊跟小蛙跳起來大吼，踉蹌但速度一點也不慢，五個人狼狽的奔出小徑，直衝石板大道，且一句話也沒說，直接朝校園熱鬧的那區百米衝過去！

汪聿芃是被拖著走的，簡子芸的手甚至還摀著她的嘴咧！

他們一路奔到了中心噴水池，這兒再過去就是各學院的大樓了，五個人上氣不接下氣的喘著，臉色一個比一個還慘白，簡子芸這時才鬆開了汪聿芃的嘴，靠著水池邊換氣。

「……大家……大家都看見了對吧？」簡子芸顫抖著瞪著地面，「那個門鎖……」

「不是說裡面沒人嗎？」康晉翊一顆心都快跳出來。

簡子芸搖了搖頭，是沒人！真的沒人，汪聿芃兩間都打開門檢查過了，她就在外面，親眼所見！

「靠，那是誰在裡面玩鎖啊!?」小蛙打了個寒顫，驚恐的看著大家，「該不會真的是……」

花子。

汪聿芃平靜的看著眼前石板大道末端的方向，那棟根本看不見的女廁。

「如果是花子，那爲什麼不回答我？」她不解，「按照都市傳說的話，她該回答我的。」

「她用行動嗎？」童胤恒瞎猜著，「她那樣開關鎖，我們也都知道她在了。」不對。汪聿芃心裡無法接受這種狀況，這跟她看到的「廁所裡的花子」截然不同，花子之所以是花子，那就是她會回應尋找她的人。

「可能不是花子吧。」汪聿芃做了自己的結論。

嗄？康晉翊望著她，覺得頭很痛，「汪同學，如果不是花子，那感覺就更可怕了……」

小蛙挑了眉，「社長，我覺得是花子也很可怕啊！」

「你們是不是都市傳說社的啊？」汪聿芃覺得這群人眞是莫名其妙。

「反正那邊一定有東西！不過妳說得對啊，如果是花子，爲什麼沒回應？」童胤恒倒是眞覺得有點意思了，「欸，要上課了，我們先去上課……有空再查花子的所有傳說，下課就回社辦去！」

「我到第八節耶！」簡子芸嚷著，「晚餐？」

「再LINE好了！」小蛙也急著要走了，「那個汪……」

所有人只能先記得她姓汪，其兩個字記不起來。

「我再拉她進群組，我也得走了……」童胤恒的教室也很遠，他得小跑步過去。

不過大家才跑兩步，卻非常有默契的全體折回，折返回汪聿芃所在的位子——

「妳就算沒有課，也不許再去那間廁所問花子！」

汪聿芃還算聽話，她下節沒有課，就回到「都市傳說社」的社辦去，果然沒有其他人在，跟當年她見識過的社團完全不一樣。

除了她之外，平常也沒有其他社員會過來聊天或是集合，真的就空蕩蕩的只有她一個。

童胤恒幫她拉進了群組，加入「都市傳說社」的LINE，社長很快的開了ＦＢ社團的權限；「都市傳說社」的LINE是用來聯繫開會事項的，討論相關傳說必須在社團ＦＢ裡，目的是希望大家、包括外界都能「熟悉、瞭解，進而喜愛」都市傳說。

嗯，這條規定一定是夏天學長定的，汪聿芃百分之百有熟悉感。

雖然只是短短一節課，但也足夠她在社團裡發表了新入社感言，以及——廁

所裡的花子。

她著重在他們去女廁探索的過程，尤其是那紅綠色的指示鎖，發生在一間無人的廁間，更大膽的使用：「都市傳說是否回歸？」「我們學校不只有紅衣小女孩，更有廁所裡的花子！」

呃——童胤恒珍珠差點沒嚥好，他瞪大雙眼看著手機上的訊息，他今天的課一路到第七節，所以現在是趁下課時間瞄一下手機，FB一堆訊息通知，「芃芃於都市傳說社發布了一則貼文」。

芃芃是什麼東西啊……童胤恒忍不住看向遠方，她知道自己非常不適合這種疊字暱稱嗎？

接著點進去看，就差點沒被自己的珍奶噎死！

汪聿芃居然已經在社團裡發表了花子事件！這速度也太快了吧！好歹跟大家討論一下……討論什麼呢？

「都市傳說社」，現在不就需要點人氣嗎！他往下滑著，看著按讚數，眞是少得可憐。

「喂，童子軍！」同學不客氣的重擊他的背，「你還在都市傳說社喔？」

他覺得內臟都要吐出來了，「喂，陳偉倫，我才加入兩個多月耶！」

「我就不懂，你這長相這身材這體格這身高，可以參加的社團很多，是爲什麼要選那種陰陽怪氣的社團？」陳偉倫，班代，也是系籃的隊長，他巴不得他去打籃球。

「我是爲了都市傳說社才進A大的。」童胤恒永遠都是這個答案，「不然你以爲我成績可以塡到哪裡？」

開什麼玩笑！公立前三都沒問題好嗎！

「我聽你在屁，有人會選社團不選校系？」陳偉倫挑了眉。

「唸書是自己的事，只要肯認眞，在什麼地方都一樣。」童胤恒自信的笑著，「社團就不同了，唯有A大的都市傳說社，獨一無二。」

「嘖嘖，聽這種資優生的語氣。」陳偉倫搖著頭，他每次來找童胤恒只有一個目的，那就——「喂，那你……」

「不要。」童胤恒頭也不抬的回著，他才不要打系籃。

玩票性的打一場沒問題，問題是接下來就有系盃，然後還要打學校盃，練習跟比賽得佔掉他多少時間！他以前剛上高中就打過校隊，好不容易高中畢業了，希望選擇自己感興趣的社團了。

「童子軍不會打的啦！」紅色短髮女孩粗魯的拉開椅子，「他以前在學校就

說過籃球打到高中爲止。」

童胤恒瞄向左邊坐下的女孩，舉起拳頭，她立刻帥氣互擊。「嘿！」

高中同校的于欣，一如往常帥氣標緻，特立獨行，火紅的頭髮搭上密密麻麻的耳環與深黑色的唇，永遠都是顯眼的那位。

「校隊耶，你打算這樣放棄籃球嗎？」陳偉倫仍不死心，搞得像系上沒人可以打球似的。

「我沒要放棄啊，我休閒運動打球，只是我不比賽！好了！你不要再吵我了！」童胤恒不耐煩的唸著，「我想要好好看我們社團的文章好嗎！」

「都市傳說社現在是能有什麼事啦！」陳偉倫哀號著。

「比你的籃球重要就對了！」童胤恒還沒開口，于欣先說話了，「你他媽的閉嘴好不好！童子軍就是不打球，去找別人啦！」

陳偉倫超沮喪的離開，如果有童胤恒的加入，他們勝算就大很多啊！他就不懂，一個怪力亂神的社團到底哪裡有吸引力啊！

還不如他的科學驗證社來得有趣。

「花子？」于欣突然瞪著手機唸出關鍵字，童胤恒錯愕的轉頭，發現她也在看都市傳說社的社團網頁。

「嗯，剛剛遇到一點奇怪的事……」童胤恒仍舊在想，關於那個指示鎖的事。

「妳信都市傳說嗎？」

「我什麼都信。」于欣聳肩，說得漫不經心，「反正就多份尊重，更別說這社團以前發生過那麼多事，也死了不少人。」

童胤恒呵呵的乾笑著，眞是謝謝她的支持，爲什麼聽起來好像「都市傳說社」跟死人有很大的關聯一樣，嗚。

「那間廁所有點怪，好像有人在裡面聽見花子的回應。」童胤恒試著想跟于欣解釋。

「我覺得花子的回應是小事，教務主任的回應比較麻煩。」只見于欣滑一下手機，立刻端到他面前，「太明顯囉。」

教務主任？于欣手機拿太近，逼得童胤恒不得不後退，看著汪聿芃發的那篇文章下面……『請在確認事情之前，不要發表怪力亂神的文章！』

「咦！」他緊張的立刻站起，爲什麼教務主任會去管到區區小社團的文章啦？

「掰。」于欣擺擺手，反正這堂不點名。

童胤恒二話不說就衝了出去，如果那是眞的都市傳說，學校介入也太機車了

吧？他們難道忘記，當年學校也曾介入「都市傳說社」的調查，結果多犧牲了好幾條命嗎？

童胤恒一路衝到鐵皮屋時，果然主任級的人已經到了！

「妳為什麼發這種文章？」

教務主任嚴肅的擰起眉，站在唯一的辦公桌前，問著端坐在裡面的汪聿芃。

「都市傳說社」門口塞了一堆人，都是隔壁社團來看熱鬧的，他有點緊張的往裡頭望去，社辦內眞的只有她一個。

「因爲廁所裡的花子。」汪聿芃四平八穩的坐在社長位子上，抬頭看著主任，「我們在廁間裡感受到花子了。」

「什麼？什麼叫感受到？妳看到了嗎？」主任明顯的非常不耐。

「沒有人看過花子的，你一定得在門外喊，她才會回應你。」汪聿芃非常認眞回答，「你可以進我們社團的檔案區，那邊有各地都市傳說，分類中可以找到花子的傳說。」

翻譯就是：你看清楚再來問點正常的問題好嗎！

童胤恒突然打消進去解救她的念頭，汪聿芃一個人應該可以抵擋吧？

「同學，請妳撤掉文章，不要寫這種危言聳聽的事情！」主任義正詞嚴，

「地處偏僻就可能有人偷拍，這是防不勝防的，這種事應該是通報學校，我們可以加強巡邏，而不是弄個什麼都市傳說——」

「那是花子。」汪聿芃平靜的打斷教務主任的話語，「花子不是派人巡邏就可以的。」

教務主任明顯的頓住了，他看向汪聿芃，雖然口吻跟語句感覺很像在挑釁，但是這個女同學表情太過認眞，讓他不知道從何教訓起。

「那不是都市傳說。」他只能這樣說。

汪聿芃看著他兩秒後，逕自低下頭看著眼前的筆電，主任開始聯繫警衛，要一起過去那間廁所，也要調監視器尋找偷拍之狼。

教務主任才轉身，汪聿芃就跟著站起了。

嗯?他回頭看著揹起包包的女孩，「同學?」

「一起去吧。」汪聿芃大方的經過教務主任身邊，「我帶你去看花子。」

教務主任一口氣差點上不來，童胤恒在人群裡憋著笑，主任如果有高血壓，血管大概就快爆掉了。

然後這一男一女，就一路從鐵皮屋裡吵到外頭。

「妳撤掉那個文章了嗎?」

「沒有。」

「不要引起不必要的恐慌，只是變態偷拍，爲什麼一定要冠上都市傳說？」

「因爲我覺得那就是花子。」汪聿芃頭也不回，疾步而行，「不然請主任解釋門會自動鎖上的原因。」

自動……教務主任突然緩下腳步，明顯的有些遲疑。

跟在後面的童胤恒不必猜也知道，只怕主任根本沒有仔細看完汪聿芃的文章，在他而言，只是收到一個「都市傳說社貼了篇廁所的都市傳說，引起恐慌」的訊息。

童胤恒小跑步追上主任，禮貌的說聲「主任好」，就跑到汪聿芃身邊。

「嘿。」

汪聿芃嚇了一跳，「你不是有課？」

「看見學校出手了，就來看看。」他往後瞥了眼，「妳貼文好歹也說一聲。」

只見汪聿芃嘴角嵌著笑，她對可以再回去那間廁間倒是備感興趣。不過在石板大道上遠遠的就看見人群了，雖然按讚率不高，但還是有其效應，很多人都跑到那廁間外頭張望。

「就是這間嗎？哈囉！花子——妳在嗎？」

「花子？唷喝！」簡直像是召喚大會，一堆中二站在外面的叫聲此起彼落。

聽說花子生性害羞，這樣不被嚇死才有鬼！

「讓開一下……大家不要圍在這裡！」教務主任趕緊驅開人群，此時另一頭走來了警衛，「老孫！就這間！」

花白髮的孫警衛趕緊小跑步來到主任面前，「主任！」

「你看看，這間！」教務主任指向了那樹蔭下的廁所。

警衛轉向了那間廁所，皺起了眉心，「就是……」

「有偷拍者的那間，現在被什麼都市傳說社拿來做文章，說裡面有花子。」教務主任激動的指著，「你去調閱監視器，今天是不是有男人潛入女廁……還有，以後這邊要當重點巡邏。」

「花子？」警衛有點緊張。

「什麼廁所裡的花子啊！都市傳說。」教務主任指向汪聿芃，「就他們，都市傳說社的。」

警衛表情相當嚴肅，朝女廁走去，他往裡頭探看，抽起清潔表檢查，「一小時都有清潔一次啊。」

「但也有五十九分的空檔。」童胤恒說著。

「反正就是加強這一帶的巡邏。都市傳說社！你們不要再寫那種亂七八糟的東西！」教務主任口吻變得嚴厲，「快點刪掉。」

汪聿芃根本沒在聽主任說話，直接來到警衛身邊，望著兩扇門，指向了左邊，「那扇門會自動鎖上喔。」

咦？警衛瞪大雙眼，嚇一大跳的看著她。

「綠色會變紅色，唰……」她還模仿門子的聲音，「我親眼看到的。」

什、什麼!?警衛緊張的瞪向左邊的廁間，「自動……自動……」

「對，我覺得花子在。」汪聿芃看著警衛，還輕輕微笑，「我不知道她爲什麼沒回答我，但是她鎖門了。」

警衛嚥了口口水，很驚恐的看著汪聿芃，「我覺得……」

「花子，妳在嗎？」

媽呀！童胤恒跳開眼皮，立馬衝進來，拜託她不要動不動就問候人家好嗎！

警衛嚇得臉色慘白，「妳、妳在幹嘛？」

「廁所裡的花子，如果她在的話會回應我的！」汪聿芃張嘴準備再說一次，童胤恒忙不迭由後摀住。

「噓！」他附耳在旁，「現在不是呼喚的時候，我們還沒搞清楚花子……」

嗯？汪聿芃眨著眼，是啊，她正準備查花子的傳說，主任就來了。

警衛忍不住看著那兩扇喀啦作響的門，左邊那扇……會自動鎖門嗎？他捏緊了清潔卡，冷汗涔涔。

「花子嗎……」他下顎微斂，「怎麼可能……」

「如果，」童胤恒小心翼翼的開口，「您要檢查監視器的話，我可以一起看嗎？」

嗯？警衛詫異的看向他們。

「就在旁邊瞧，看一下是不是眞的變態。」他劃滿笑容，「也好證實不是都市傳說！」

警衛笑得很勉強，他自己都不知道，他臉色相當難看。

轉身走出去的步履維艱，他忍不住再回頭看了一眼女廁……眞的假的？花子？

突然間，他停下了腳步。

已經往外走的汪聿芃跟童胤恒也不由得跟著回身，「怎麼了嗎？」

「妳剛剛……」警衛望著她，「怎麼叫她的？」

咦？童胤恒嚇了一跳，「等等，警衛先生，你想做什麼？」

「花子，妳在嗎？」汪聿芃不假思索的直接回答。

這讓童胤恒倒抽一口氣的摒住呼吸，女廁裡一如往常的平靜，但是外面學子的嘈雜八卦聲倒是不絕於耳。

倏地一陣狂風掃進來，竟直接吹開了廁間的門——只吹開了左邊那扇！

「噫——」汪聿芃嚇得立刻掩起嘴，她沒想到門會突然這樣被吹開，門板還重重的撞上了牆！

這麼大的動靜，只是讓他們確定了左邊廁間裡眞的沒有人而已。

警衛勉強擠出笑容，「好像，也沒什麼嘛！哈哈……」

汪聿芃難掩失望之情，童胤恒打著哈哈，低聲說看要不要先把文章隱藏，催促著她先離開。

唰啦——

這一次的關門聲，清楚到深怕大家都聽不見似的，非常的用力明顯。

三個都要步出女廁的人，背脊跟著一僵。

汪聿芃跟童胤恒緩緩回首，瞧見的是直視前方正發抖的警衛，然後是他身後那道左邊廁間門。

「你看。」汪聿芃還不忘貼心拍拍警衛的肩頭，「鎖上了。」

童胤恒忙不迭壓下她的手，這種事眞的不必這麼貼心，眞的。

『我……在……一直都……在……』

第三章
廁所裡的召喚

聽見回應的只有三個人，並沒有在校造成多大的風波，「都市傳說社」的臉書社團人數依然寥寥無幾，根本沒有人當回事。

但是童胤恒及汪聿芃都聽見了，那稚嫩的童音，虛弱但是清晰的傳進他們耳裡——花子真的在！

晚上七點多，「都市傳說社」裡坐了五個人，沒有人說話，空氣裡充滿各種食物的氣味。

有肉羹麵、有炸雞排、有鴨腿飯，香味撲鼻，只可惜大部分人都食之無味——當然還是有例外。

鍵盤噠啦噠啦清脆響著，汪聿芃把飲料擱在筆電正中間前方，頭一低就可以大口啜飲，然後一邊打字編輯下午的事件。

「真的假的？」康晉翊很嚴肅的看著童胤恒。

「嗯，我聽到了。」他叉著花枝丸，「不會有錯，警衛臉色超白，你看過幾十歲的老人家跑得比奧運選手快嗎？他整個人是衝出去的，一路直抵警衛室。」

那間廁所靠近校園車輛進出區，所有車子都得經過下頭的警衛室管制，青山路是個下坡路段，車子一彎出去就是，正是當年紅衣小女孩傳說發生處。

「我們學校真是臥虎藏龍啊！」小蛙嘖嘖搖頭，「什麼都市傳說都有耶！」

「這成語眞的是這樣用的嗎？」簡子芸皺眉，還臥虎藏龍咧，「我倒覺得，因爲都市傳說沒有來由也沒有原因，所以在哪裡出現都是合理的……」

只是他們學校因爲之前有夏天學長的「都市傳說社」，所以可能遇到得比較頻繁一點？

康晉翊瞥了一眼在旁邊忙的汪聿芃，忍不住嘆氣，「妳別忙了，在寫文嗎？」

「嗯啊，不是都要進度報告嗎？」她超認眞。

「先不必啦！我們應該先要瞭解一下花子的傳說！」康晉翊指指旁邊的位子，妳直接搬凳子過來。」

汪聿芃抬頭望著他幾秒，嗯了一聲，這才蓋上電腦，然後抽過了手邊一疊紙，「我已經印出來了，大家一人一份，這個可以報公帳吧？」

簡子芸大吃一驚，立即起身看著走來的汪聿芃，她有種工作被搶走的感覺！一向是她在處理社團裡的紀錄、或是這些列印瑣事。

童胤恒察覺出她的神色，只好另外找個時間跟她解釋一下，汪聿芃的個性……雖然不能因爲她與常人不同就一味牽就，但還是希望大家能找到共處的方式。

汪聿芃眞的印了一份各種花子傳說，「廁所裡的花子」比想像的還要複雜，有各種版本、各種性格、不同習性，連由來都不盡相同。

「空襲被燒死、被變態殺死、心臟病發……」小蛙邊看邊嘖嘖稱奇，「這是小女生耶，爸媽都不知道她亂跑嗎？」

「花子的傳聞在幾十年前，科技還不發達，所以孩子一旦跑出去，眞的很難找，跟現在不一樣。」汪聿芃回應著，「其實花子的每個傳聞都是這樣子，空襲就更別說了，那不是逃的問題了。」

「現在有監視器，也不一定看得到啊！」童胤恒語帶抱怨。

「就是。」汪聿芃用力點著頭，難掩失望。

教務主任說要調監視器，他們兩個本想跟著去看熱鬧，誰知警衛一見到上鎖的門又聽見回應後，簡直嚇得魂飛魄散，躲回警衛亭不說，他們兩個追上去想要在外頭瞄著監視器也不行，完全被拒於門外。

「我本來還想說，他在調閱時我們可以站在外面偷看，反正玻璃窗是透明的啊……但他根本故意，我們在那邊時，他完全沒有要查閱。」

「對啊，我們等半天也沒用，他後來還趕我們走，說他不會去查，反正會加強巡邏！」汪聿芃噘高了嘴，沒看到錄影畫面，很多事就不能證實啊！

她本來想，至少偷拍到一幕，說不定監視器裡有拍到花子，這樣寫文也可以有點佐證……不過，花子到底是什麼模樣呢？好像沒人看過？

小蛙認真看著資料，眉頭越皺越緊，「我怎麼覺得花子有點可憐啊，都死於非命耶……」

「所以才會被困在廁間裡啊，打不開打不開……」康晉翊說著花子的名言。

「各地的花子都很忙……敲門回應、空中喊話，還有會殺人的！」簡子芸簡單講了花子類型。

「那這個是哪種？」童胤恒突然覺得不安，「是只會回應的？還是攻擊性的？」

眾人聞言，不由得面面相覷，回應式的花子其實還好……就怕遇到攻擊型的。

「但是，如果是攻擊型的，也不會跑出來吧？」汪聿芃小心翼翼問著，「只要離開廁所就沒事了？」

身邊的簡子芸瞥了她一眼，「不是每間廁所都像那間一樣小。」

「不過，花子就在那間啊。」小蛙亮了雙眼，她倒是挑了一間偏遠地帶的廁所呢。

童胤恒覺得哪裡怪怪的，他研讀過「都市傳說社」ＦＢ的檔案資料，當年郭學長寫下廁所裡的花子時，明明還有另一個名稱……

「請問……」門口傳來有些緊繃的聲音，背向著門口的童胤恒及汪聿芃紛紛回頭，康晉翊則錯愕的抬首，看向突然造訪的訪客。

短髮女孩緊張的揪著外套邊角，蹙眉朝裡頭看過來。

「咦？」汪聿芃雙眼圓睜，緩緩的站起來，「啊！妳是遇到花子的那個人！你剪頭髮了喔！」

今天下午在外面跟其他朋友聊天的女孩，居然這麼快剪了頭髮。

當事者嗎？童胤恒立刻站起，筆直的走向對方！

「您好，進來坐吧！」他劃上微笑，難掩內心激動。

童胤恒長得高大俊朗，不僅陽光而且還多了副穩重，雖說因爲姓氏從以前就被戲稱爲童子軍，但個性也的確相去不遠，是那種暖男型的大男孩，光是衝著女孩微笑，就會讓人鬆懈戒備。

「我……」短髮女孩相當掙扎。

簡子芸趕緊跑到唯一剩下的雙人沙發上，把大家擱在上面的書包撤走，好讓客人有位子坐啊！

「不要客氣啦，我們只是普通社團啊！」小蛙跟著俏皮的看著她，「妳想跟我們分享都市傳說的事對吧？」

女孩緊張的喘氣，「所以這裡眞的是……都市傳說社？」

「是！」社長康晉翊回以肯定的微笑。

哎，童胤恒瞥向櫃子上的牌子，他們社團招牌還沒掛上去咧，難怪人家這麼戰戰兢兢。

女孩子遲疑了幾秒，最後還是走了進來，大家紛紛把自己的凳子搬到她面前，排成一圈坐下，反而給她不小壓力。

「社辦有點小，妳包涵一下。」童胤恒看出她的不安，趕緊說話，「妳是怎麼注意到我們的？」

女孩轉向汪聿芃，「我下午遇見她……然後同學跟我說，都市傳說社提到那間女廁的事了。」

「嗨，我叫汪聿芃。」她直接自我介紹，康晉翊眼尾瞄著她，其實現在好像也不該是自我介紹的時機點吧！

「呃，我叫朱佳月。」朱佳月擠著笑容，她看起來相當不安，「我……我想問你們社團裡寫的那個，是眞、眞的嗎？」

「哪個？」康晉翊小心翼翼的問。

「就下午發的那篇，廁所裡的花子。」朱佳月咬著唇，「這個都市傳說是真實存在的，還……是我遇到的其實是惡作劇？」

「都市傳說是存在的！」童胤恒跟汪聿芃簡直異口同聲。

因為他們兩個都親身經歷過啊！

朱佳月倒抽一口氣，穿著長袖外套下的雙手不停互絞，「我以為是變態，我沒想到……會……」

「那不是變態，我們下午又去了一次，真的有什麼在裡面。」童胤恒沉穩的說著，「門上鎖，而且有女孩子回應。」

女孩忍不住掩嘴，身體微顫，「我的天哪！她、她會不會對我怎麼樣？」

「呃……應該不會，花子只在廁間裡。」簡子芸趕緊安慰她，「她是在廁間裡出意外的，所以……不太能離開。」

汪聿芃幽幽的轉向她，這定住的動作實在太明顯，連朱佳月都跟著她看向簡子芸。

「……幹嘛？」才十公分距離，她被盯得不自在。

「不是意外吧，空襲是戰爭，還有一個是被變態性侵後殺掉。」汪聿芃再次

認眞以對。

朱佳月明顯嚇了一跳，「性、性侵？」

「花子有非常多種傳說，這是其中一種……說她到學校找媽媽，結果剛好被躲在學校的變態抓到……」康晉翊後面語帶保留，不必細說想必大家都知道了。

朱佳月皺著眉低下頭，「那這個花子……是哪個傳說呢？」

大家只能搖頭，他們不知道這個花子究竟屬於哪個傳說……連她是攻擊型還是保守型的都無法推估。

「現在沒辦法跟她聯繫……我們也還不知道該怎麼跟花子聯絡，或是該不該聯絡。」康晉翊努力解釋，「而且學校裡突然出現花子我們也很措手不及，所以……」

「我聽說教務主任出面了。」朱佳月驀地打斷康晉翊的話，「說不是都市傳說，只是變態。」

「嗯，那是因爲他沒有待到最後。」汪聿芃挑了眉，「他如果有進去的話，就可以看見我們看見的了！」

「警衛跟我們兩個都確實看見了也聽見了，那眞的不是變態。」童胤恒斬釘截鐵的望進朱佳月的雙眼。

「那，」她突然深吸了一口氣，「可以找出這個花子爲什麼現在出現嗎？」

咦？眾人錯愕，這個問題令他們有點意外。

「都市傳說是這樣的，它沒有起源，形成與出現都沒有原因……」康晉翊加以解釋。

朱佳月搖著頭，「我覺得她要是早就在了，爲什麼現在才出現？不覺得奇怪嗎？」

簡子芸突然從膝上的資料夾中抽出一張紙，往前遞送，「妳有沒有興趣加入都市傳說社啊？」

這般好奇，應該對都市傳說很感興趣啊！

汪聿芃詫異的看著簡子芸，好厲害的同學喔，她剛剛什麼時候去拿入社申請書的？

朱佳月一看見映在眼前的那張紙，卻急速搖頭，甚至帶著一點慌張的站起，「我只是覺得她很可憐，你們、你們既然是都市傳說社，看能不能幫幫她！」

話沒說完，她抓著包包跟逃亡一樣的衝出了社辦。

凳子上五個人都還沒來得及站起，就這樣目送了同學離去……爲什麼花子現在才出現？她又是哪一種傳說？

這其實是每個人心中的問號吧！

「好！如果眞的是花子，我們不能錯過這個跟都市傳說接觸的機會！」康晉翊緊握飽拳，有種熱情被點燃的感覺。

「對，她說的也沒錯，雖說沒有原因，但多半都能找到起源……」簡子芸雙眼熠熠有光，「過去都市傳說社發生的事件，至少都能追到出現的起因！」

「那我們不要太明目張膽吧？不然學校又要干涉……」小蛙看向汪聿芃，「這幾天就都不要發文了。」

汪聿芃點點頭，教務主任的確有點煩。

「今天下午一堆人去那邊喊花子，有什麼事應該很快會傳出來的，我們只要注意社團裡的文章就可以了。」童胤恒瞇起眼，若有所思的看向門口。

他爲什麼覺得那個朱佳月似乎欲言又止。

「所以，」汪聿芃眨了眨眼，「我們現在去問她嗎？」

「並沒有！」

滑鼠滾動著，男人盯著電腦螢幕裡的臉書，眞是群令人頭痛的學生，昨天不是已經交代將文章撤下了嗎？爲什麼「學校裡出現廁所裡的花子」這個聳動的標題依然顯眼置頂？

他當然知道「都市傳說社」，早幾年可是瘋狂火熱，而且也扯進太多案子了，他是去年才接下教務主任一職的，之前對那個社團是半信半疑，他在意的是他們牽扯的刑案給學校帶來的麻煩。

不過幸好都是往好的方向走，至少協助尋獲屍體、破除失蹤案……但也有更多的失蹤案產生，來自他們口中所謂的「都市傳說」。這群學生完全不知道他們行政人員有多爲難，要面對一堆家長的質疑與檢討，累得兩頭不是人。

他個人不信，問題是學生信、大家信，連負責的警方似乎也相信，大家踩在一個微妙的平衡點上，行政方只能向有意見的家長陳述這只是一個學生社團，學生有自由，充其量只不過對都市傳說有莫名狂熱，意外或命運使然，才讓他們接觸到離奇案件，僅此而已。

畢竟這個社團再火熱也沒犯校規、更沒犯法，反之還接受不少表揚，也算爲校爭光，沒什麼好禁的。

他始終觀望，都市傳說這種東西實在難以說服他，直到最狂熱的第一屆社長失蹤，他才有點覺得怪異……是不是爲了找尋都市傳說，讓自己身陷險境？

爾後「都市傳說社」的消寂大家是樂見其成，這種鼓吹怪力亂神的社團本就不該存在，因爲他們造成太多學生恐慌，想想之前壯大時，讓多少女生不敢走夜路回去！不敢騎車下山！還有太多太多讓人心生恐懼的事件，根本族繁不及備載。

尤其現在社群網站發達，他們隨便打一篇文章便能製造恐慌，校方啊……對，就是他，最討厭這種事了。

LINE的電話響起，他閒散的瞄了一眼，立刻接起。

「我知道……我會處理，沒有啦，就是想引人注意的沒落社團。」他壓低聲音，「就有人發現變態，他們便能繪聲繪影的製造這種消息……知道，我今天會再去找他們談談。」

教務主任起身往外頭走去，其他職員正在忙碌，最後加退選後，緊接著來臨便是期中考，教務處永遠有忙不完的工作。

「怎麼會有那種東西……」他笑著搖頭，「你知道那是都市傳說吧？由來已久的，廁所裡的花子，她本來就叫花子。」

教務主任一路往尾端的洗手間走去，「好了，你不要亂想，只是單純的變態……呵，說誰咧，好了，先這樣！」

切斷電話，他凝視著手機裡都市傳說社的頁面，這眞是一群不知世事的大學生，隨便抓個影子就想嚷嚷是都市傳說！

比都市傳說還有趣的事更多呢。

叩叩。還沒踏進洗手間，他竟聽見裡頭傳來敲門聲與嘻鬧聲。

叩叩、叩叩、叩叩，連著幾聲敲門聲傳來，教務主任斜斜的往裡望進去，是三個男職員，煞有其事的從第一道門往最後一道門敲去。

「咳咳！」最高的男孩清了清喉嚨，「花子，妳在嗎？」

教務主任倒抽一口氣，這是在幹什麼!?

「花子，要玩嗎？」另一個人打趣的問。

每問完一次，他們就會很認眞的豎起耳朵，深怕聽不見回應似的。

「現在過四點了，我聽說過四點要說『花子，對不起』。」花襯衫的男生說著，「花子，對不起！」

又是個側首動作，但很遺憾的，廁所裡完全沒有一絲一毫的回音。

「這裡居然沒有！」這聽起來眞是難掩失望。

「聽說很多人去花子的廁所過了，但也沒有聽見什麼啊！」有人打開水龍頭，水聲嘩啦啦。

「所以傳說是假的囉？都市傳說社員的想要曝光度嗎？」

「他們剛從最大社辦搬走，可能心情不好吧，好不容易可以有捕風捉影的機會，就要趕快刷存在感！」

「欸，可是我上午跟警衛聊天時，他臉色很難看耶！還不耐煩的催著我快點走……」高大的男職員小聲的說著，「昨晚都市傳說社有一篇文，說他們有人跟警衛都看見了……」

「咦？」廁所迴音甚大，那種驚異狐疑的聲音一清二楚。

教務主任即刻走了進去，「在聊什麼？」

主任！三個男生立刻噤聲，賠著笑臉打招呼，「主任好。」

一個推著一個，急急忙忙的就想離開。

「亂傳事情已經夠糟了，你們還跟著鬧！」他皺眉低斥，「在這邊敲門？喊花子？」

哎呀，被看見了！男生們交換眼神，天曉得主任在外面聽多久了！三個人趕緊低垂著頭，不發一語，這時候多辯解多錯。

「不要再讓我看見那種荒唐的行為！」教務主任再補了一句。

「是。」他們趕緊退出洗手間外，天曉得這麼衰！

只是玩玩看啊，有必要這麼生氣嗎？

「靠，我說學校這次怎麼管這樣多？之前都市傳說社火成那樣時，不都沒管嗎！」

「就只有青山路車禍時讓各系導師處理而已，就鬧鬧玩玩幹嘛這麼計較！」職員滿腹不爽，問題是只是喊喊花子，這麼多學生都在喊，事發廁所現在不知道多少人在外面輪流喊呢，眞要管，還不如去那間獨立廁所吧！管到教職員這邊來也太扯。

教務主任搖搖頭，他意識到雖然只是個沒落的社團，但這種怪誕傳奇，似乎始終能引起話題，一旦有人開始分享、轉貼，事情便如同星火燎原般嚴重。

剛剛電話中的「他」也提到可能的嚴重性，或許……眞的該制止一下都市傳說社社員的行爲了！剛剛那幾個小職員也說了，昨天晚上還有一篇？刪文了嗎？不，現在的網路世界非常可怕，即使貼完就刪文，還是有可能被人截圖備份，再轉分享出去……

一定要在延燒到不可收拾前阻止，他昨天親自到社辦去，都市傳說社只有一個人、那坪數之小，怎麼威力還是無法忽視呢？

叩叩。

敲門聲陡然響起，教務主任先是恍神，然後皺眉微側首……誰在敲門？

他狐疑的往右後方看去，這間教職員廁間不小，小便斗有五個，對面是一整排五間的廁間，聲音來自他的後方……某間廁間裡。

「誰？」他轉過身查看，他沒料到這裡還有人。

叩……叩。又一陣輕輕的敲門聲，不對，與其說是敲門聲，不如說是有人拽著門搖晃的聲響，也可能只是單純的撞到。

只不過，他這麼回首望去，卻沒有看見任何一間廁間是上鎖狀態。

腦海裡突然浮現了「都市傳說社」寫的文章，關於那個「廁所裡的花子」，她就躲在廁間裡，有時會用驚恐的聲音喊著「打不開打不開」，有時當外面有人呼喚時，她會給予回應。

發現自己出神的教務主任撇撇頭，他在想什麼？居然被那亂七八糟的社團影響了嗎？

『打不開打不開！』

驀地，有小女生的聲音傳來了。

正要洗手的教務主任愣了幾秒，他一定是聽錯了，就算廁間裡有人，怎麼可能會是小女孩？這裡是男廁啊！

感應式水龍頭出水，水聲之下什麼都聽不見，只是手一離開，水驟停之際，再度傳來撞門的聲響。

『打不開打不開……』這聲調帶了哽咽。

教務主任不得不回過了身，緊皺眉掃向眼前的五間廁間，這不是聽錯，而是眞的有人在——他倏地瞪圓雙眼，第三間廁間是鎖住的，雖然外頭顯示綠色，但他留意到門子是卡上的。

「誰在裡面？」他輕聲問著。

廁間裡一片靜寂，並沒有任何迴音……再喚了一次，「是誰在裡面？」

『嗚……』低泣聲傳來，是孩子在啜泣的聲音。

小心翼翼的走向上鎖的門，眞不知道他在緊張什麼，剛剛才說這是怪力亂神之事，現在自己卻在胡思亂想了！

說不定只是誰家小孩跑錯了廁間啊！他以指節輕扣了門，叩叩。

『打不開打不開！』女孩嗚咽的說著，門板喀啦喀啦！

「妳不要怕，門卡住了嗎？」教務主任溫和的說著，「試試看扳動門子。」

『不……不要！』語焉不詳的哭著，門把晃動得更加劇烈。

打不開嗎？教務主任試著推動門板，的確是上鎖的。「妳叫什麼名字？或是

妳媽媽叫什麼名字?我去幫妳找!」

『嗚……』除了低泣聲外，裡面沒有回應。

唉，教務主任決定放棄，不如直接去樓下吆喝，看誰家孩子不見了，麻煩請自己來找!

旋過腳跟，就要握住大門的銀色把手——

『花子。』

咦?教務主任的手震顫，虎口就要握上把手，僵在半空中。

花……子?他瞪大雙眼，盯著銀色把手上反射出來的自己。

「不要……惡作劇。」他沉著聲，語帶警告，「我去找妳媽媽。」

握住把手，一把拉開……拉……他緊握著死命向後拉，門卻不爲所動，像是被鎖上了!

這怎麼回事!?教務主任用力的握著門把，死命的扯著，但門就是不爲所動。

「喂!外面有沒有人啊!?」他緊張的拍著門板，「誰把門鎖上了!?」

蹲下身子檢查門鎖，他卻發現沒有任何一道門子卡住，這門應該是沒上鎖的啊!

『打不開……打不開……』廁間裡的聲調變了，他彷彿聽到一種嘲弄。

教務主任慌張的起身，大眼瞪向那第三間廁間，他不明白這是怎麼回事！

「妳是誰？妳想幹嘛？」

又是靜默不語，洗手間裡是徹徹底底的安靜，教務主任想起自己有帶手機出來，趕緊拿出手機求救，他被反鎖在洗手間裡了！

『你忘記了。』

「哇！」才要滑開鎖，聲音猛然傳出，他嚇得滑掉手機，「什……什麼……」

『老師忘記我了。』稚嫩的聲音幽幽傳出，聽起來非常低沉。

究竟想做什麼!?

「喂！開門啊！」他使勁拍著門求救，彎身想拾起掉落在地板上的手機。

只是彎下身子時，眼尾的角度似乎剛好可以看見那廁間門縫底下……縫隙不大，但門並非做死的，門板與門檻間有著兩公分的空隙，可以讓他瞧見是否真的有人。

確認這件事未免太過詭異，如果沒人的話究竟是誰在說話……忍不住往左瞟去，想知道到底是誰在惡作……

一雙眼睛就在門縫底下望著他。

指尖都尚未碰觸到手機的教務主任呆然的看著那僅兩公分的門縫，有雙眼睛

就趴在那兒瞅著他。

最糟的是，那雙眼睛是白色的，會發光的白，不像人類的眼睛！

「哇！」他驚恐的大叫著，嚇得直往大門衝，「走開！妳是什麼——開門！外面有沒有人!?喂！」

不會有人的眼睛是白色的，而且她的眼睛還會發光，那絕對不是人，只是看著她就令人毛骨悚然，爲什麼廁間裡會有——

背脊發涼，搥門的教務主任驚愕的瞪圓雙眼……「花子？」

『我在。』小女孩的聲音變得輕快。

「不不！不可能……」教務主任腦海裡百轉千迴，「廁所裡的花子……」

都市傳說是假的，怎麼可能眞的會有廁所裡的花子！

他僵硬的瞪著第三間門，聽著門閂打開的聲音：唰——

「滾開！妳想做什麼——」教務主任慌亂的抓過手機，立刻滑開，回撥給剛剛打來的人！「喂，喂，你快……」

『對不起！對不起！』

電話那頭，傳來的不是剛剛來電者的聲音，而是一種淒慘絕望、帶著恐懼的哭喊聲。

跟廁間裡的女孩聲音，一模一樣……

『不要——哇呀！哇哇……』哭泣聲震耳欲聾，『我不知道，我什麼都沒看見！』

教務主任腦袋一片空白，不、不可能有這種事……他兩眼發直看著那第三間廁間門，緩緩的被拉了開。

一寸、一寸的，在他手機傳來的哭喊尖叫聲中，咿……慢慢的拉開。

「花……子？」他痛苦的吐出這兩個字，迴盪在洗手間裡的，是不絕於耳的哭叫聲。

『不要——救命！呀呀——』小女孩的分貝超高，幾乎要刺穿耳膜。

第三間門打開了，洗手間裡的燈光像同時暗了兩燭光一樣，連窗外的光線都轉成昏暗，彷彿烏雲罩頂，或是風雨欲來的前夕。

敞開的廁間裡，沒有人。

『對不起對不起……』哭聲未歇，教務主任戰戰兢兢的聽著手機裡傳來的聲音，全身劇烈的顫抖，『啊啊啊！』

「閉嘴！不可能！不可能有這種事！」他大吼出聲，抓起手機就往廁間裡狠狠扔了進去！

手機摔上牆，匡啷一聲螢幕四分五裂，緊接著撲通的落進了蹲式馬桶便盆裡，教務主任撐起身子，伸手攀住洗手台邊緣就要站起。

但是手一攀，卻因爲濕濡而滑落！「哇！」

原本要起身的他又摔了下來，左手濕黏一片……他看著染滿鮮血的左手，這血甚至還有溫度。

然後，幾絡染血的頭髮從左上方垂降而下，落在他染血的掌心中。

『我在喔！』童稚的聲音傳來，教務主任戰戰兢兢的向左上方望去，看見趴在洗手台裡、那低下頭望著他的女孩。

那只是個小學生，全身鮮血淋漓，連她的制服校徽都已經看不清楚，她的右臉頰自嘴角到右眼角撕扯開一道傷口子，頸部的皮往外翻掀，露出裡面的肌肉，撐在洗手台邊緣的一雙小手體無完膚……

小小的身體根本支離破碎，皮開肉綻得像是早上擺在豬肉攤上的肉塊們……肌理、脂肪、皮肉……

唯一清晰的，是那雙白到發亮的眼睛。

『我一直……都在……』

「哇啊！哇——哇啊！」教務主任發狂的連滾帶爬往門邊衝去，但身後猛地

被人一拉，拽住衣服。

『老師要去哪裡……』女孩咯咯笑個不停，『老師看到了喔。』

「我沒有！我什麼都沒看到！」教務主任歇斯底里的喊著，拼命的往前移動，硬是脫離被拉住的頹勢，狼狽踉蹌的站起來。

『打不開……打不開了！』女孩的聲音轉為尖細，緊接著其他廁間的門一扇接著一扇砰砰砰砰的關上，彷彿被人從裡面用力撞擊般，緊接著是一道接著一道的上鎖聲。『打不開打不開囉！』

「不不！妳滾！妳不該在這裡的！」教務主任根本不敢回頭，只聽見聲音移到了腳邊！「走開！」

他大吼著往廁間裡衝，還因為太過恐懼絆到了台階，整個人是摔進去的！

「哇啊──」重重跌進廁所裡，他的頭還撞上了牆，「啊……」

一陣頭昏眼花，他全身摔得都發疼，然後不敢輕忽大意的意圖起身，卻看見……自己剛剛摔裂的手機。

手機螢幕已經裂開，主任撐起身子，呆望著手機……他跑進──第三間廁間？

啪，螢幕無人碰觸，自動亮了起來，裂開的螢幕配上一張面目全非的臉。

『老師……』

咦咦咦——教務主任狠狠倒抽一口氣，他得出去，一定要立刻——

一隻血淋淋的小手，驀地從便盆裡伸了出來，直接攫住橫躺在便盆上的主任。

「放開……哇啊啊啊——放開我！」另一隻小手，從另一邊一併竄出，左右扣住了他，「對不起！花子！花——子——」

『我在喔，嘻嘻。』背部的便盆裡傳來沖水聲，但湧起的卻是腥紅的冰冷鮮血，瞬間浸濕了他的背，溢出了便盆。

『我一直都在……』

「哇……哇啊啊——哇———」

第四章
追尋死因

紅色的的警車燈在白天刺眼非常，黃色封鎖線在洗手間外圍起，行政大樓外更是圍了一圈，禁止閒雜人等出入。

外頭早就群聚了一大群學生，鳴笛聲刺耳驚人，全停在行政大樓前，連救護車都抵達，這麼大陣仗鐵定是大事，更別說網路已經有風聲傳出來，聽說出事的是教務主任啊！

又一台警車駛近，走下車的警官面色凝重的看著行政大樓。

「章警官！」下屬立刻上來。

「唉，爲什麼我有種似曾相識的感覺！」他嘆了口氣，明明好久沒進到A大處理命案了啊！

「啊？」下屬其實聽不明白，逕自報告著，「死者是學校的教務主任張文宏，被發現陳屍在廁間裡……」

章警官邊往大樓走去一邊點頭，卻突然止步，忍不住後退，回頭留意著群眾裡看熱鬧的學生們，在外圍有個高大且熟悉的身影。

童胤恒伸長頸子多想聽到或多看到些什麼，沒料到突然與章警官四目相交：啊！

他下意識的立刻禮貌頷首，不確定警察先生認不認得他，當年他發現垃圾桶

旁的乾屍屍體時，就是這位警官承辦的。

「眞的是教務主任嗎？」簡子芸抱著手機不放，「我的天哪！聽說他死在廁所裡!?」

「廁所？」康晉翊立即豎起都市傳說專屬天線，「不會這麼巧吧!?」

「學長說沒有巧合這種事。」小蛙也是個把社團守則背得滾瓜爛熟的人，「每一次的巧合都要用放大鏡檢視。」

「知道知道啦！」康晉翊皺起眉，他不愛都市傳說也不會入社了好嗎！「會不會是花子不爽了？」

簡子芸挑眉，壓低音量，「因爲主任說她不存在嗎？」

康晉翊點了點頭，昨天下午教務主任可是帶他們到那間獨立廁間外去嚷嚷的，還叫警衛先生過來說明明只是變態事件，不要提什麼都市傳說……音量不大，但在廁所前的小徑上講，如果是人一定聽得見，更何況對方是都市傳說耶！

而且還是花子咧！

「花子會這樣嗎？」汪聿芃困惑的開口，「否定她的存在就這麼不爽的話……那應該早就死很多人了喔！」

因爲世界上不相信都市傳說的人數是高比例啊！光這所學校可能所有老師主

任都該掛了。

「只是猜測啦。」康晉翊回頭瞄著汪聿芃，「討論討論，哈囉，妳可以不要每件事都這麼認眞嗎？」

汪聿芃瞅著康晉翊，眨了好幾下眼，「我沒有很認眞啊，我也只是在討論！」

「好……好了！」童胤恒趕緊隔開這兩個人，頻率不對拜託不要一起討論……「反正現在傳聞教務主任出事了，死在廁所，我也覺得是花子，一票。」

五個人默默的都舉起手。

「花子爲什麼要殺教務主任……這太匪夷所思了！汪聿芃說得也沒錯，單純因爲主任惹惱了她？」簡子芸蹙起眉，「那是小朋友耶！」

「她是花子耶！」康晉翊跟小蛙異口同聲，跟都市傳說分什麼小朋友大朋友啦！

「如果眞的死在廁所，那就是在裡面發生了什麼事。」童胤恒有些心急，他好想知道現場的狀況喔！「主任一定跟花子碰上了，只是不知在應答中發生了什麼。」

「這麼說來，學校的花子是……攻擊型的？」康晉翊有些緊張，「回答錯誤

了，所以……」

「有一款花子是激動型的，如果回答錯誤或是喊錯了，傳聞中的花子會拿著菜刀衝出來。」簡子芸回憶著攻擊型。

「……廁所裡爲什麼會有菜刀？」汪聿芃皺起眉，在大家忍著怒火之際，童胤恒飛快的把她拉到身後去。

圍觀的人群越來越多，校方也派人維持秩序，至少不能妨礙到警方的進出與辦案，看著一波又一波的人員抵達進入，氣氛非常緊繃，教務處裡教職員更是個個眉頭深鎖，甚至還有人在低泣。

童胤恒舉起手機就開始拍照，也不管目標是什麼，反正都先拍了再說……拿下來檢查照片時，卻不得不留意到某個熟悉的身影。

「同學。」他都還沒意會過來，對方已經直接找上來了！

一票五個人愣愣的看著從人群中走過來的男人，康晋翊是相當困惑，指著自己，是在喊他們嗎？

「你們怎麼又在這裡？」中年男人不悅的逼近，康晋翊正覺得莫名其妙，留意到男人是對著他後面說話的。

後面？簡子芸跟著回頭，只見童胤恒勉強擠著笑容，「孫警衛好。」

「好什麼！為什麼你們又在這裡？」孫警衛看看行政大樓，再瞄向他們，「你們是不是知道什麼？」

「嗄？」這一問可問倒他們了，簡子芸輕勾嘴角，「我們應該要知道什麼嗎？」

孫警衛濃厚的深呼吸，緊鎖眉心看上去既緊張又不爽，「你們出現就讓我覺得沒好事！什麼都市傳說社……昨天不也是你們在那邊嚷嚷什麼廁所裡的花子！」

在童胤恒身後的汪聿芃突然探出頭來，「所以可以看監視帶了嗎？」

天哪！童胤恒從容回頭朝她使眼色，「這個『所以』不是這樣用的！」她現在提監視帶不會太扯了點嗎！

「監視帶？」康晉翊立即領會，「什麼時候可以看呢？」

「什麼監視帶！我沒有要給你們看那個，你們看那個做什麼！」孫警衛口吻確實很差，「你們快點走，在這裡圍觀什麼！」

「幹嘛針對我們！這裡圍觀的人這麼多！」小蛙可不高興了，「難道真的跟花子有關係？」

後面這句話，小蛙音量放得超大，連簡子芸跟康晉翊都嚇了一跳，附近學生幾乎都同時停下說話，所有人都朝他們看過來。

「都市傳說社。」康晉翊直覺的自我介紹，「我是社長康晉翊。」

「大家都知道學校裡可能有廁所裡的花子嗎？」簡子芸跟著接話，「如果大家有線索的話，請告訴我們喔！」

一票學生簡直瞠目結舌，看著他們，下一秒瞪向行政大樓，這會兒擔架抬出，上頭以白布覆蓋著一具屍體！

「所以這跟花子有關嗎？」果然有學生嚷嚷了。

「可是這裡是行政大樓耶，不是那間獨立廁所啊！」

「天哪！難道……每一間廁所都有花子？」

現場瞬間陷入一陣嘈雜與恐慌，警方急著要上前，部分師長也趕緊出聲制止，一個肥胖壯碩的男人擰著眉嚴肅逼近，扯開嗓門，聲如洪鐘。

「好了！好了——大家不要自己嚇自己！」男人立刻瞪向了康晉翊等人，「尤其是你們，都市傳說社的！」

威嚴十足的男人讓他們下意識立正站好，這位比教務主任感覺還威啊！

「吳主任，你管管他們，眞的是唯恐天下不亂！」孫警衛趕緊朝男人走過去，「從昨天就沒安好心，一直在網路上宣傳……」

「警衛先生，請你說話客氣一點好嗎？什麼叫沒安好心，我們說的是事實！」

簡子芸不悅的揚聲，「一開始疑似看到花子的不是我們，但也的確有人發現不對勁，後來我們社員親眼看到……等等！孫警衛！」

簡子芸這才想起，不是說孫警衛也瞧見了嗎？

「警衛先生不是也在場！」小蛙打量著他，「門自動鎖上，還有花子回應啊！」

「什麼……」這對話只是讓現場的學生更加驚慌失措，「廁所裡的花子」是耳熟能詳的都市傳說，問題是真的存在嗎？

在這所學校？那偏僻獨立的廁所？還是……所有學生看著擔架抬上救護車，或是覆上白布象徵的死亡。

「那真的是教務主任嗎？他真的死在廁所？」

又是廁所，那有花子的究竟是哪間？

「夠了！說過不要瞎猜，不管發生什麼事，警方已經到場，他們會接手偵辦，無論是意外或是他殺，大家要注意的是留心個人安全！」這位吳主任朗聲說著，「不要製造恐慌，繪聲繪影，現在我們要的是事實，不是什麼道聽塗說的都市傳說！」

最後，他轉向了康晉翊，食指都比了出來，無聲的警告超明顯的，意思就

是……閉嘴。

「誰鳥他啊！」小蛙啐了聲，「當這是高中喔！」

「那傢伙是誰啊？誰認得？」康晉翊不爽的問，「不要搞半天只是路人甲……」

汪聿芃看著那個再度朝他們逼近的男人，有那麼一點面熟，她覺得在哪裡看過。

「請你們不要再散佈恐懼了。」吳主任站定在他們面前，五個人下意識的後退兩步，「學校發生命案是我們所不樂見的，這時候散播恐慌不是好事。」

「我們只是在陳述事實。」童胤恒抬頭挺胸，義正詞嚴，「昨天我們的確見到無法解釋的事，廁所裡也的確有花子回應。」

「我才說是聽不懂嗎？怪力亂神！我不是不知道都市傳說社是幹嘛的，平靜個幾年又受不了了？」吳主任深吸了一口氣，回頭，「孫警衛！」

孫警衛立刻走來，他剛剛在協助救護車開道，臉色比之前更白了。「怎麼了？吳主任？」

吳主任？汪聿芃皺起眉思考，她真的覺得在哪邊看過哩。

「他們說你昨天有看見什麼花子的……」

「沒有！沒有沒有！我才沒有看見！」孫警衛激動的說著，「不可能有什麼花子！她不可能還在那裡！」

「所以？你們希望大家注意到社團嗎？」吳主任質疑的望著他們，「我理解從大社團變成小社團的心情，但相信不管大小，認眞經營社團才是最重要的，而不是搞一些譁眾取寵的事情……」

「主任你覺得有個人死在廁所間是譁眾取寵嗎？」汪聿芃突然爆炸式的問話，「人可不是我們殺的喔。」

哇，童胤恒吃驚的回首看著認眞的她，汪聿芃眞是語不驚人死不休，而且不管講什麼都一樣。

「對啊，我們只是就看見的情況與都市傳說做結合。」童胤恒也立即表示支持，「我不知道孫警衛爲什麼今天突然改口，昨天明明嚇得臉色慘白還逃出去……」

「我……我哪有逃！」孫警衛緊張的看著吳主任，「我沒有喔！我沒逃，我只是、我只是討厭跟這些學生相處……」

最好是。童胤恒瞇起眼看著孫警衛，他有沒有注意到自己汗濕了衣服，臉色一直很青白？這一看就知道是在害怕……他昨天明明也意識到廁所裡有別的東西存在了，還在裝蒜！

「除了我們社員跟不承認的孫警衛外，一開始發現花子的也是證人，而且還是兩個女生。」簡子芸條理清楚的說著，「她們都不是都市傳說社的，捏造這種事做什麼！」

「誰？」吳主任狐疑，「眞的有證人？」

「演辯社的朱佳月啊！」小蛙心直口快的說著，「就在我們隔壁社團，你大可以去問！她就是遇到也嚇著了，所以我們才想去一探究竟——不管是變態或是花子，總是要關心吧！」

小蛙！康晉翊緊張的制止他說話，怎麼把朱佳月搬出來了！萬一學校去找她麻煩怎麼辦？

「還眞的有檢舉人啊……」吳主任嘆了口氣，「好，我不跟你爭論都市傳說的存在與否，你們這社團裡的個個是瘋子，我還記得夏玄允……單就現況來說，當務之急是要處理事件，讓警方找出眞凶，所以我誠摯的請你們不要再在都市傳說社團裡發文。」

沒有人回應，在還沒有確定裡面的狀況前，誰都不敢說……如果眞的跟花子有關，才更應該寫吧？

「我覺得，不管你是主任還是老師或是校長，似乎都不能干預我們社團的運作吧。」簡子芸用溫柔但堅定的聲音說著。

吳主任睨著她，無聲的戰火燃起，誰都沒有暴跳如雷，也沒人開口罵人，但氣氛就是非常的僵硬。康晉翊也跟著微笑上前，並肩站在簡子芸身邊，這時候同社團一定要互挺的啊！

「引起恐慌的話，我想校方就有權力了。」吳主任一字一句，緩緩的威脅。

「現在已經足夠引起恐慌了，吳主任，這裡有個死人。」康晉翊指向了遠去的救護車，「從另一個角度看，說不定我們還能協助預防。」

「過去都市傳說社做過很多預防動作，反而幫了許多人不是嗎？」童胤恒沉穩的接口，「希望主任不要對社團存有偏見或歧視。」

吳主任不再說話，他冷冷的笑著，轉頭往人群裡走去，繼續叫學生安心，以及留意自身安全等等的話語。

都市傳說社這邊的氣氛是冰冷的，每個人都很緊張，但卻也忍不住燃起了火熱之心——無論如何，都一定要知道是不是「廁所裡的花子」幹的！

汪聿芃本就不多話，因為萬千思緒都在她腦子裡百轉千迴，她看著行政大樓裡的忙碌，現在如果可以進去的話……說不定就可以知道是否是花子。

等等，她留意有人從另一道門出來，對啊，行政大樓是個兩面都有路的建築

啊！

學校每一棟建築至少有兩個出入口，前門與後門都面對著不同的路或小徑，行政大樓一邊面對的是可行車的馬路，另一邊便是石板大道，左右兩邊都有其他小路可以通過，方便學生穿越。

她記得有第三道出入口——扣掉前後門外，在大樓的左側還有一道小門，正巧在廁所旁！那條路很少人走，過去似乎曾是便道，後來變少使用了，現在更因爲外頭數棵大樹茂密生長，濃密的樹葉早遮去視線與門口，自然很少人走。

她走過，因爲她開學第一天就把學校走遍了！

右手反手，突然握住把她映在身後的童胤恒，一句話也沒說的突然就往前走。

咦——喂喂！童胤恒還沒來得及反應，整個人是向後被拖走的，他驚訝的邊回首邊倒退走，看著汪聿芃的背影。

趕緊轉正身子，他的手被握得好緊。

「這位同學，妳是要去哪裡？」他很想叫上康晉翊他們，但是他們好像在跟吳主任進行視線對決戰。

汪聿芃拉著他假意要從小徑走到對面的石板大道，在經過數棵大樹時，突然壓低身子，直直轉身衝入！

喂——童胤恒立刻迎面撞上樹枝。

唉，沒時間抱怨，他撥開樹枝，彎身跟著往裡頭走去，他們身高差很多好嗎！是不能先講嗎？

鑽過樹葉後，他路都沒看清楚，直直被拽進了一條窄道裡。

「噓！」汪聿芃回頭對他比了個噓。

童胤恒瞇起眼，他從頭到尾都沒時間說話好嗎！仔細一瞧，他們現在在——行政大樓裡了？

這裡是個死角，但是可以看見走道另一頭有警方跟職員來來去去，汪聿芃指指旁邊的樓梯，食指跟中指比劃上樓梯的動作，兩個人同時頷首後，即刻轉身往樓上奔去。

就這樣，毫無阻礙也沒碰到人，他們兩個抵達了二樓！

「妳怎麼知道那邊有出入口？」他不可思議。

「我說過，我逛過全校了。」汪聿芃說得稀鬆平常，「這頭沒人……看來洗手間在另外一邊了。」

聽得見人聲，但這裡卻沒有人在走動，他們走上樓梯後面對的就是一個轉

角……兩個學生跟做賊一樣偷偷的貼著牆，急速的往左一瞥！

喔喔，走廊另一端有封鎖線呢！

「果然在另外一頭。」童胤恒瞥了眼，立刻又躲回來。

從外面看剩下的人不多，談話聲也很少，或許因爲屍體已經運走，現場採證也差不多告一段落。

「肉塊都拾撿乾淨了嗎？」遠處有人這樣問著，帶著迴音，想是在洗手間裡。

肉塊？汪聿芃跟童胤恒忍不住互看了一眼。

「差不多了，他全身的皮肉都被割開得蠻嚴重的，但身體至少還勉強黏在身上，只有少部分的組織在重擊時掉在縫隙裡了！」說話人由遠而近，聲音漸而明亮，看來是走出來站在走廊上了，「裝袋後已經跟著屍體送上去了。」

「到底是怎麼可以摔成那樣……並沒有往外走的血足跡。」

「血流成這樣，凶手不可能全身而退……監視器呢？」章警官嚴肅的看著門口。

「已經去調了！」

「他的辦公室呢？不是說他從辦公室一邊講電話，一邊前往洗手間嗎？」秘書的證詞已經拿到，去上廁所的教務主任去得太久，他們試圖打手機卻直接進入語音信箱。

鑑識人員正把一支染滿血的泡水手機放進證物袋裡，已斷電自然打不通；而第一發現者是另一個替代役，他直接到洗手間找人，一推開門就看見正對面的廁間裡那血肉模糊的命案現場，聽說驚恐的尖叫聲響遍了整棟樓。

「在前面，左邊第四間！」

「那邊也要搜查……最後跟他見面的目擊證人在哪裡？」

「在這裡！」聲音有點遠有點下面，緊接著是上樓的聲音，「有三個，他們在洗手間時有遇到死者，因爲在玩花子的遊戲，所以被訓斥了一頓，後來他們便離開洗手間了。」

玩花子的遊戲？汪聿芃瞪圓雙眼看著童胤恒，教職員在廁所裡召喚花子？這能算遊戲嗎？童胤恒也覺得有點無言，他們都是對都市傳說有興趣的人，可再喜歡，也不會做這種主動召喚的蠢事。

不，眼前就有個蠢人。

「妳，下次不要隨便叫她。」童胤恒看著眼前的女孩低聲說著，就她動不動在那邊問人家在不在。

「那是她本來就在那裡了好嗎！」汪聿芃一臉無辜，「這裡是行政大樓耶，

她不是應該在獨立的廁所嗎？」

「噓……」聽著腳步聲逼近，他趕緊要汪聿芃不要太大聲。

好幾個人往他們這邊走來，或者該說是……往教務主任辦公室去。

「你們召喚廁所裡的花子？」問話的聲音越聽越熟，連汪聿芃都覺得在哪裡聽過。

「不是……不是召喚吧，就只是有趣！」某男生回應著，「昨天學校傳出某間有廁所裡的花子，我們就、我們就只是覺得好玩而已。」

「我們知道這樣不對，但是因爲又不是這間廁所……」另一個聲音很緊張，「所以我們被罵了啊，主任就在外面聽見，後來我們被罵完後就回去座位上了……」

「那你們離開時，洗手間裡還有其他人嗎？」章警官問著。

「……呃……」幾個男生異口同聲，像是在思考，「不、不知道耶，我覺得是沒有。」

「不然我們也不敢玩啦，那尺度有點高。」這聲音越說越小。

「嗯，所以你們離開後，洗手間應該是沒人了……」章警官明顯得深呼吸，沒有人就是最令人頭痛的事了。

如果沒有人，那死者在裡面發生了什麼事？

「章警官，有個人說他曾想去廁所，但卻進不去！」有人匆匆忙忙的跑上來，「似乎跟死者出事的時間重疊！」

「人在哪裡？」章警官立即回身。

「在外面，他不敢進來……已經有人去安撫！」

「好，你們在辦公室這裡搜證，我還要知道他最後跟誰通電話，有沒有聽到什麼。」這聲音越來越遠，聽起來是要從另一端的樓梯下樓。

接著是某批人進入主任辦公室的聲響，汪聿芃轉著眼珠子，二樓突然變得相當安靜，所以她又疾速探頭出去，連聲招呼都沒打，整個人就往左轉了出去！

喂！汪聿芃！童胤恒緊張的跟前，才發現遠處那封鎖線外，眞的沒有人耶！兩個學生躡手躡腳的往前，因爲要通過教務主任的辦公室，裡面閃光燈快門聲不停，看來是正在蒐證的鑑識人員……汪聿芃先閃過去，接著是童胤恒，他們速度很快，加上鑑識人員專注於工作之上，沒有人留意到外面的情況。

一旦通過危險區，他們立刻直奔命案現場——洗手間外是重重封鎖線，但是大門敞開，輕易的可以看見裡面的廁間。

整間廁所血跡斑斑，全部集中在某間廁間附近，天花板、門板……他們探頭進去看，其實對面或鏡子上也都有飛濺痕跡。

「你拉住我喔!!」汪聿芃伸手向後要童胤恒拉住她，因爲她上半身想要越過封鎖線往裡頭探，好扭頭看清楚鏡子的狀況，但這樣勢必會失去重心，得靠人幫忙。

「我幹嘛拉妳，我看比較快！」身高一百九十五的童胤恒，只要一彎身就能瞧得清楚，何必在那邊上演拉拉秀。

鏡子全破了，上面都是血跡，洗手台邊緣跟牆上也都有染血，看起來像曾在這裡打鬥的痕跡，鏡子有好幾處凹痕，所以表示有物體在這兒連續撞擊好幾次。

汪聿芃專注看著眼前的廁間，獨獨一間染血，連廁間門都被拆了，只剩下一旁的承軸搖搖欲墜，傾斜勉強靠著牆。

裡頭的蹲式馬桶便盆是裂開的，每一寸都滿佈鮮血，每個裂口都是鮮紅色的，完全看不見白色的裂瓷。

活像……主任是摔在上面似的。

「這裡經過很劇烈的打鬥啊……」童胤恒有點緊繃，視線正移也瞧見了眼前的廁間，「要讓便盆裂開，需要多大的力量……」

「而且裡面都是血，是主任受傷跌進裡面，還是……」汪聿芃後面沒繼續說，她腦海裡浮現的是因主任撞擊而裂開的瞬間。

看著染血的便盆，還有牆上的的血跡，那已經不是噴濺狀，而是大片的抹塗，甚至還有怵目驚心的血手印，像是曾扶著牆試圖站起，但看起來是失敗了。

牆上一大片一大片像被抹上的血痕，光看見這麼多血，就可以知道教務主任不可能活下來了。

「他眞的死在廁所裡……」汪聿芃喃喃說著，聲音有些微顫。

童胤恒環顧四周，這裡有五間廁間……等等，他看著正中間的命案現場，如果是五間的，不管從前面數來還是後面，都是第三間！

「我想起來了，廁所裡的花子還有另一個名稱！」童胤恒喉頭緊窒，「第三間的花子。」

三番目的花子，傳說中花子是在第三間身故的。

所以——「這間廁所也有花子嗎？」汪聿芃有些發抖，「還是說，廁所是互通的？」

互通!?童胤恒忍不住倒抽了一口氣，這個答案更加可怕，如果廁所是互通，那豈不是代表花子可以在所有有廁所的地方任意妄爲了？

他們雙雙下意識後退了一步，看著那駭人的命案現場，想著教務主任的死因，這是第一個因爲花子而死亡的人……不，確定是花子嗎？

看著封鎖線，會不會其實是凶殺案？如樓下那個吳主任說的，他們只是想把事情推到都市傳說身上而已？

「花子，是妳嗎？」童胤恒覺得他一定被汪聿芃傳染了！他居然這麼開口問了！

因爲不問，他就覺得不能確定啊！

喀啦……不知哪來的風開始吹動左邊第五間廁間的門板，發出輕微的聲音，他們緊張的看向左方，這是回應的意思嗎？

下一秒，竟然如同波浪舞一樣，從最左邊那扇門開始，一扇接著一扇，直到右斜前方的那間廁間，砰砰砰砰的依序關上了！

「哇呀——」兩個學生難以控制的失聲尖叫！

「誰——」果然，在辦公室裡採證的鑑識人員即刻衝了出來。

『我在……』幽遠的聲音傳來，『一直都在……』

第五章

科學驗證社

「誰准你們進入命案現場的？」

咆哮聲止不住，那位吳主任尚未離開，童胤恒、汪聿芃簡直爲他打造一個天賜良機，好好修理他們的良機啊！

童胤恒跟汪聿芃兩個人默默低首不敢發一語，被警察發現後轟出來的下場本是如此，他們早就知道；儘管耳邊有人在怒吼，但他們想的依然還是廁所裡的回應，花子在……一直都在。

所以這麼說來，廁所確定是互通的？難道說，行政大樓跟偏遠廁所裡都有花子……或是她被召喚過來了？

有什麼契機，讓花子在這裡現身。

否則前面有人敲門召喚花子沒事、獨立廁所那邊召喚得更誇張，但唯有教務主任死在裂開的蹲式馬桶便盆裡？

「你們這種社團眞的不該存在，製造恐慌就算了，還擅闖命案現場！」吳主任的怒吼還沒結束，他當然不會放棄這大好機會。

康晉翊他們站在遠處，想幫忙又不敢上前，更別說童胤恒一早就暗示他們離得越遠越好，千萬不要在這時捲進來。

畢竟闖進命案現場的只有他跟汪聿芃，不必牽扯整個社團。

「好了，好了！」低沉的聲音傳來，「您是……」

「啊，警官好，我是吳志木！」吳主任伸出手，與章警官交握，「眞的非常抱歉，我沒料到學生會做這種事……」

「一般學生是不容易理解，但如果是都市傳說社的，我倒是不意外。」章警官口吻裡藏著笑意，「好了，他們也都在封鎖線外，也不算是破壞到現場，也幸好我們已經採證完畢了。」

「但這眞的太誇張，他們刻意製造出什麼廁所裡的花子，讓全校恐慌，現在又到命案現場去……」吳主任說得都咬牙切齒了。

「都市傳說社似乎不會任意捏造啊，他們都是憑現象去推敲的不是嗎？」章警官回頭，看著童胤恒及汪聿芃。

咦？兩個學生愣愣的抬頭，爲什麼聽起來章警官在幫他們說話耶？

「……是。」童胤恒試探性的回應，「因爲發生的狀況很像廁所裡的花子，所以我們……」

「是囉，我記得都市傳說社是這樣運作的，他們就現實發生的狀況，去發現可能是哪種都市傳說。」章警官微笑的看著吳主任，「我對都市傳說社倒是比主任熟悉很多，喜歡都市傳說的人期待的是遇到，不是捏造。」

對——對呀！吳主任身後的康晉翊、簡子芸甚至小蛙，簡直點頭如搗蒜，天涯遇知音啊啊啊！

吳主任擰起眉打量起章警官來，充滿狐疑，「警官相信他們？」

「不到相信，但也不至於不信。」章警官笑著，「過去有許多事，都市傳說社也沒錯過。」

童胤恒這會兒雙眼都閃閃發光了，章警官啊，你真的是大好人啊！

「學生就先交給我吧，我會好好說的。」章警官輕鬆上前一步，吳主任跟著後退。

吳主任並不高興，看得出他在隱忍怒氣，斜瞪著童胤恒他們後，再轉向另一邊看著康晉翊等人。孫警衛站在不遠處，也一臉惋惜的模樣，好像巴不得他們被削一頓似的。但警方都這麼說了，吳主任也不好留下，他轉身離去後，孫警衛還趕緊跟上前，一邊說話一邊回頭瞪著康晉翊他們。

「你們啊……」章警官站在童胤恒面前，雙手抱胸的嘆氣，「唉……」

「章警官好。」汪聿芃抬起頭，「又見面了耶！」

章警官搖頭，「你們兩個都考上A大了？真快，上次那個案件好像也才昨天的事。」

「謝謝章警官。」童胤恒認真的鞠躬，「真的很抱歉我們闖進去了。」

汪聿芃也趕緊低下頭，「對不起。」

「少來了，你們才不抱歉，你們一開始就是故意的，想去看花子還在不在。」章警官每個字都帶著無限無奈，「所以呢？花子在嗎？」

康晉翊他們忍不住圍了過來，將章警官包圍住，五個學生的雙眼都熠熠有光。

童胤恒有點爲難，該老實回答嗎？剛剛那一扇扇關上門的廁間、那不可能聽錯的聲音……

「在，她說她一直都在。」汪聿芃毫不猶豫的回應了，「而且她還關門，嚇死人了……其他警察先生都有聽到啊！」

她一點都不像是被嚇到的模樣啊！康晉翊看著平靜敘述的汪聿芃，真的是個非常奇特的女孩，照理說應該會緊張或是像被採集證詞的人一樣，好歹聲音有點起伏吧？

「我知道，我聽說了。」章警官有些無奈，「廁所裡的花子有危險嗎？」

聽見警官提出這個問題，「都市傳說社」的社員們互看，現在是在徵詢他們的專業意見嗎？

「花子有很多種版本，有平靜型也有攻擊型的，一般來說應該只是在廁所裡。」簡子芸飛快的回答，「外面有人喊，她回應，僅此而已……」

「但是也有攻擊型的，傳聞是拿菜刀衝出來。」康晉翊有點困惑的看向童胤恒。

他搖搖頭，「整間洗手間都是血跡，像打鬥過，便盆還裂了。」

「嗄？」對面三個人異口同聲，裂開的便盆？廁所裡的花子沒有這條紀錄啊！

「有什麼線索再跟我說，但請不要輕易去涉險。」章警官遞出了名片，「沒有確定前，也不要做什麼煽動的言論。」

一人一張，每個學生都好激動。

「如果廁所是互通的怎麼辦？花子可以自由穿越各個廁所。」汪聿芃看著名片喃喃自語，「這樣子不是跟有任意門一樣了嗎？」

「如果是花子也算不意外！所以她才叫廁所裡的花子，只要是廁所，就是她的地盤。」小蛙有點嚴肅，「童子軍，你還發現什麼？有什麼跡象？」

「但還是要先搞清楚現在是一個花子？還是兩邊廁所各有一個？」

章警官暗暗在心裡哀鳴，還可能有兩個？

「三番目，事發在第三間廁間裡……」他臉色凝重，「這眞的跟花子太符合

了。」

第三間廁間，太多的傳聞中，花子就是死在第三間廁間的。

「花子想要什麼？第一發現者沒有事，昨天我們也沒有事……剛剛聽說有人在裡面召喚，卻是連回應都沒有……」汪聿芃歪著頭，「但是現在教務主任卻死了。」

「他在出事的過程中洗手間被反鎖，有人曾想進去卻無法推開門，跟死者死亡時間相符。」章警官低語，「如果你們眞的覺得是都市傳說，那就幫我找出『廁所裡的花子』動手的主因。」

「沒問題！」康晉翊激動的說著，還雙手握拳。

章警官輕聲扔了句加油，從容走回其他警員身邊。當年的「都市傳說社」他熟得很，事實上他們的確協助破了不少案件，也證實更多都市傳說造成的案件是無解的。他其實是信的，只是太久沒發生都市傳說了，他一時還不能接受。

不能接受令人頭痛的事件又發生了！因爲如果眞的是所謂「廁所裡的花子」做的，那豈不是代表又是一樁永遠找不到凶手的懸案？難道要定調爲自殺嗎？

一個教務主任自己在廁所裡撞牆撞鏡子？還用身體撞碎蹲式馬桶？讓便盆把他自己切割到皮開肉綻？

人。

不，眞的不可能……唉。

但如果能知道花子爲什麼動手，都市傳說何以活躍，至少可避免下一個可憐人。

「YESSS-!」康晉翊整個人只差沒跳起來了，「眞的是花子，她出現了……而且是攻擊型的！」

「不能這麼武斷，朱佳月可沒事。」簡子芸立即反駁，「我們都見過異狀、汪聿芃跟童胤恒昨天聽見了，但是卻也全身而退。」

「所以該不會眞的是因爲教務主任不相信花子，造成她的不爽，想證明她是存在的？」小蛙自己都說得很心虛，「花子不是小學生嗎，會在意這些事也正常。」記錄上沒有啊。

「在主任進去前，有三個職員用傳統叩門的方式召喚花子，但是她沒有回應……」童胤恒思考過這件事，「該不會是召喚法的問題吧？」

「花子沒幾種召喚法啊！」康晉翊倒是熟悉，「其實花子不算多可怕的都市傳說，只是在應該沒人的地方出現聲音而嚇人罷了！」

「而且鮮少有攻擊型的……」簡子芸咬了咬唇，「主任很慘嗎？」

童胤恒點點頭，「他好像是被摔在蹲式馬桶上，還把便盆弄裂，皮開肉綻不

說，還有肉因此被切割下來……花子的傳說裡，沒有這個。」

每個人都皺起眉，「會不會不是花子啊？」

「她都回應了好嗎！」小蛙沒好氣的說著，「第三間，這暗示太明顯了。」

汪聿芃默默的走在後頭，看著討論熱烈的大家，她突然理解過去為什麼有人討厭「都市傳說社」、也聽過有人非常厭惡夏天學長，因為每次只要發生事情，就覺得「都市傳說社」的人都在幸災樂禍似的興奮雀躍。

看看現在的社長康晉翊，那喜悅的情緒，連簡子芸都熱烈討論著，大家對於都市傳說的出現及存在感到興奮，想要去瞭解，也想要找出阻止慘案的方法，並不是針對教務主任的死亡而開心，也不是針對可能造成的恐慌……

純粹是對都市傳說的熱愛，她第一次正式的身在其中，覺得好像也能體會到那種熱血沸騰的感覺了！

「花子討厭教務主任吧。」她扔出這麼一句，「說不定主任在洗手間裡說了什麼呢！」

咦？康晉翊等前頭的人止步，錯愕的回頭看她，「為什麼這麼說？」

「因為他剛罵完召喚花子的人啊！」汪聿芃看向童胤恒，「對吧，不是也說他們怪力亂神，跟我們一樣！」

童胤恒欸了聲，「對啊，花子說不定只是不想回應，可不代表她不在……事後如果主任又在裡面喃喃自語些什麼……」

「所以花子真的不爽別人討厭她？」簡子芸哇了一聲，「這可是史無前例的花子了！」

「假設各種可能性是好的！」康晉翊立刻加快腳步，「我們回社辦去，至少要大家不要在洗手間裡召喚或是討厭花子！以防萬一！」

「對！所有相關的召喚行動都暫停，因為我們無法確認花子到底想幹嘛！」小蛙順便提議，「而且大家最好結伴同行，把風、等待都好。」

一群人興奮莫名的衝回鐵皮屋，只是才一轉進鐵皮屋西側入口，就看見他們社團門口來了一群不速之客。

「居然這麼小！好難想像以前是什麼大社團喔！」

「哈哈哈！拜託，都沒路可以走了！」甚至已經有人在他們社團裡晃了。

康晉翊立即不悅的率先上前，門口的人一見他來了，趕緊吆喝著，誇張的是居然有相機移過來猛拍！

「喂！你們做什麼！？」康晉翊被閃光燈嚇了一跳。

「你是社長嗎？」有幾個人上前，「我們找都市傳說社的社長！」

「就是我……不要拍照！我沒有說可以拍！」康晉翊氣急敗壞的嚷著。

汪聿芃留意到對方大陣丈中，除了拍照外，還有人像是在錄影？

「妳在錄影嗎？」她整張大臉突然塞在鏡頭前，「為什麼要錄我們？」

錄影的女孩嚇了一跳，趕緊收起手機，「我沒、我沒有啊……」

「錄影？你們是來幹嘛的啊？」童胤恒即刻上前，雖然他們只有五個人，但氣勢不能輸……

不對啊，這些人是來亂什麼的……？

從他們社辦裡終於走出來其他人，為首的男孩子反戴著鴨舌帽，一臉屌兒啷噹的模樣，氣勢如虹啊！

「您好，我們是科學驗證社！」男孩劃滿微笑，「我是社長蔡志友！」

科學驗證社……童胤恒立即在人群裡搜尋：「陳偉倫！」

班上每天吵著叫他去打系籃的傢伙，他記得就是科學驗證社的人啊！陳偉倫哎唷的皺起眉，他人躲在都市傳說社裡根本不敢出來。

「你們來這裡有什麼事嗎？」簡子芸口吻冰冷，都市傳說社與科學驗證社，簡直就是水火不容的兩個社團啊！

「我們聽說你們的花子傳說了，你們知道你們害得一堆人根本不敢去廁所嗎？」蔡志友倨傲的抬起頭，「散播恐慌，還把這種無法考據的都市傳說說得跟真的一樣，我們科學驗證社就要來破解你們的謊言！」

他邊說還帥氣的伸直右手，指向康晉翊，完全一副背台詞演電影的模樣。

扣掉被汪聿芃擋住的女生，還有另一個人直接拿著相機在錄影，毫不避諱。

「喂，不要太過分，錄影要經過我們同意吧？」童胤恒伸出大手掌，擋住了相機鏡頭。

「嘖！我們在做社團紀錄啊，不願意的話我們會打馬賽克的！」對方不耐煩閃躲著，童胤恒就拼命擋。

科學驗證社是去年才成立的社團，聲勢日大，搭上FB直播的熱潮，他們很常跑去有鬧鬼傳說的地方、或是找什麼校園好幾大不思議傳說，有時是直播，有時是錄影再播放短片，類似外國那種探險影片。

再加上各系老師的解說，或是一切化學變化，一一破解所謂的傳說或鬧鬼故事，就是要以科學驗證，證實一切都是假的。

「我們又沒說謊。」汪聿芃也蹙起眉，「或許你們應該去問問教務主任啊！」

汪聿芃！童胤恒趕緊拉過她往身邊來，用眼神警告她不要亂說話啊，對方可是在錄影，她那句話的意思不是等於公告：教務主任是因「廁所裡的花子」而亡

SCIENCE

嗎！

「有錄到嗎？」蔡志友果然抓住話尾，「教務主任的意外事故警方會調查清楚，在這之前，都市傳說社就想要把主任的意外事故歸在都市傳說身上，完全就是怪力亂神！」

「她沒這樣說，是你們在解釋。」童胤恒趕緊漂白。

「哼，你們從昨天下午開始就在製造流言了，也不差這一件。」蔡志友逼近康晉翊，「你們相信廁所裡的花子存在嗎？」

啪的燈光亮起，旁邊竟還有人專業打燈！錄影機正對著康晉翊，還有其他社員。康晉翊遲疑了，他知道科學驗證社的手法，這些影片都會放上ＦＢ，而且說不定根本是直播，公開訪問「都市傳說社」的人們，相不相信都市傳說？

「當然相信，廁所裡的花子是知名的都市傳說！」康晉翊斬釘截鐵的回應。

剛藏到後面的小蛙滑著手機，戳戳簡子芸，靠，眞的是直播！

「那你們昨天下午開始發文，說學校的廁所裡有花子，也是眞的嗎？」蔡志友再問。

「眞的。」汪聿芃突然直接走到那打光處的攝影機前，說得義正詞嚴，「如果你下一句要說，現在學校的廁所裡是否眞的有花子——是，學校的廁所就是有

花子。」

她雙眼堅定無比的盯著鏡頭，那眼神驕傲堅毅得反而讓人有些肅然起敬，攝影者瞄向了其他人，所有人都能讀出那份堅信不疑了。

康晉翊跟著走到汪聿芃身旁，迎視著科學驗證社的所有人，「我們相信廁所裡的花子是都市傳說，她是存在的，而且正存在於我們的校園中！」

簡子芸跟小蛙趕緊上前，向康晉翊低語這是科學驗證社的直播。

「好，大家都聽見了，都市傳說社這麼堅信，這就是科學驗證社出動的時候了！」蔡志友立刻也轉向鏡頭，「多年前都市傳說社曾轟動一時，但說到底都是無法證實的事！現在，科學驗證社在這裡，會為大家一一破解都市傳說！」

「是嗎？」康晉翊勾起嘴角，「科學驗證社打算怎麼證明呢？」

「既然你們說現在廁所裡有花子，那我們就來實驗，看她到底在不在！」蔡志友揚聲，一副挑釁模樣，「都市傳說社敢不敢接受挑戰？」

什麼!?所有人都睜大了雙眼——他們要實驗？

「等等，等一下……」康晉翊下意識伸手朝著鏡頭擋，「你們要實驗是什麼意思？要召喚花子嗎？」

「這太危險了吧！我們還沒有搞清楚這個花子是怎麼樣的類型……萬一她有

攻擊性怎麼辦？」簡子芸也緊張的看著科學驗證社，「這不是開玩笑，你們面對的是都市傳說耶！」

「噢噢，噢噢。」蔡志友嘖嘖，「看來有人怕了喔！其實你們可以拒絕的，我們絕不強迫，只是……」

攝影機不只一台，康晉翊遮了一台，還有另一台從別的角度接續，這科學驗證社眞的很惱人。

「我們是爲了你們的安全，都市傳說從不是善意的。」童胤恒凝視著另一台攝影機，「順便提醒大家，不要因爲好玩而擅自從網路上看召喚法就召喚花子，上廁所也必須結伴同……」

「喔喔喔，停停！不要太過分喔，利用我們的直播宣導恐慌！」蔡志友立刻推開童胤恒，「大家不要聽他亂說，我們科學驗證社會直接召喚給大家看，就用他們的說法、他們的召喚方式來證實給大家看，沒有廁所裡的花子這種東西！」

科學驗證社的某個女孩上前，「請問都市傳說社願意在旁協助嗎？」

「協助什麼？」簡子芸都快爆氣了。

「告訴我們怎麼樣才能召喚花子啊！我們完全遵循你們的說法，這樣證實出來的才有效力不是嗎？」女孩微微一笑，「而且你們也可以全程在旁監督我們有

沒有造假。」

簡子芸不爽的撇頭，「我們沒有必要隨他們起舞！」

「就是，他們來這邊是踢館的吧？我們經營我們的社團，不要理他們就好！」小蛙雙手緊握飽拳，怒火中燒。

康晉翊當然知道社員的不悅所爲何來，問題：這是直播，都市傳說社如果拒絕的話，是否間接證明了他們害怕？甚至是害怕檢驗，乃至於否認都市傳說的存在？

童胤恒望著氣焰囂張的這群人，爲什麼科學驗證社今天會來找麻煩？更別說成立一年以來，他們社團從未來找過都市傳說社麻煩啊！

「好哇，就讓他們驗證吧！」莫名其妙的，在討論中心的外圍，汪聿芃輕鬆自若的出聲了。

康晉翊僵直背脊，簡子芸倒抽了一口氣的越過他，看向邊緣的新社員……同學、新社員，妳能不能少說話咧？

「有什麼關係呢！他們要驗證就驗證！」汪聿芃聳了聳肩，對著鏡頭微笑，「我們不是也剛好需要實驗品嗎！」

呃？蔡志友臉色微歛，「實驗品？」

「嗯啊，看看這個花子是攻擊型的，還是和平型的啊！」她瞇起眼，「就看你們的囉！」

童胤恒忍住了笑，百分之百明白汪聿芃的意思！

「對啊！有人自願實驗有什麼不好的！」童胤恒立即也上前面對鏡頭，笑得開朗，「如果有人受傷就表示這個花子會傷人，不會的話大家也能放心！」

「受……傷？」蔡志友的臉色更難看了。

康晉翊劃滿微笑，趕緊拉著社員到鏡頭前，「沒問題，都市傳說社接受驗證與挑戰，科學驗證社沒問題吧？」

可以看見科學驗證社的社員們臉色變得不太好看，有人甚至向蔡志友使了眼色。

「你們應該不會怕吧？」童胤恒往痛處直踩，「因爲都市傳說根本不存在啊！」

「對！不存在！」蔡志友堅決的喊著，「各位，大家都從直播看見了，科學驗證社即將驗證都市傳說！明天開始——」

燈光關閉，直播結束，但氣氛卻有點低迷。

汪聿芃挑了眉，用可憐的眼神看著身邊的科學驗證社社員。

「就拜託你們囉！」

第六章
挑釁驗證

科學驗證社的「挑戰直播」的確引起了注意，而「都市傳說社」提醒大家廁所裡可能有花子也確實帶起恐慌，一夕之間兩個社團成爲校內矚目的焦點，議論沸沸揚揚。

很多人惱「都市傳說社」的說法，一方面巴不得科學驗證社趕緊證實都市傳說是假的，但一方面還眞的不敢獨自去上廁所，加上有些人酷愛惡作劇，會趁別人上廁所時製造效果驚嚇對方，結果便是整個校園陷入恐懼之中。

再加上教務主任的意外身故，媒體已經做了超詳盡報導。現在的媒體如果不是法律規定，只怕會巴不得把屍體不加馬賽克的完整呈現。

單單只是文字或是口語敘述，大家就能知道教務主任死得多慘，他是活活摔死的，衝撞牆面、鏡子，再跌破蹲式馬桶，被裂開的便盆割斷血管，流血過多至死，身上多處嚴重割傷，處處見骨，但目前沒有他殺嫌疑……一個正常人會選這種激烈痛苦又異於常人的方式「自殺」嗎？

可是偏偏沒有其他人存在的跡證啊！

這新聞根本是在助長都市傳說的存在！

正因如此，科學驗證社行動加快，直播後隔兩天便敲定時間表，開始進行白天的錄影，他們連驗證時間表都是公開的，歡迎學生師長們監督；事前也跟康晉

翊及簡子芸做過討論研究，廁所裡的花子究竟是什麼，該怎麼召喚，問得仔細。

「我如果是花子，我才懶得理他們。」汪聿芃一點都不想介入，她站在外圍，看著獨立廁所前的大陣丈。

今天第一站，就從朱佳月發現花子的獨立小廁所開始。

「我現在比較擔心花子願意理他們。」童胤恒嘆口氣，「都知道教務主任的事後，他們怎麼都沒在怕啊？」

「因爲他們是科學驗證社啊！」汪聿芃一臉理所當然，「他們堅信花子是假的，世界上沒有都市傳說，怎麼會怕！」

「呃……我還蠻怕的耶！」

他們身後不知何時站了一個嘻嘻哈哈的男孩，童胤恒一看立即變臉。

「你們要來找麻煩也不通知一聲！你不要以爲證明了什麼我就會去打系籃！」他冷哼一聲，即刻別過頭。

「哎唷，我是眞的不知道好嗎！我接到LINE時很突然耶，叫我們直接到舊社辦鐵皮屋集合！」陳偉倫非常無辜，「我到了才知道社長要來挑戰啊！」

但是他也不否認，如果都市傳說社被人質疑了，說不定童子軍會退社，然後來打系籃。

「同學喔?」汪聿芃微笑的伸手,「我叫汪聿芃,數學系的,都市傳說社。」

「妳好!我知道妳耶!」陳偉倫打量著汪聿芃,「妳挺可愛的,跟我想像的不一樣!」

「知道我?」汪聿芃疑惑的對著陳偉倫眨眼,不知道身後的童胤恒正在擠眉弄眼!

閉嘴閉嘴,他最好不要說出什麼不禮貌的話,例如「數學系的怪胎」、「S高的外星女」之類的難聽綽號!

「妳不是本縣短跑冠軍嗎?」陳偉倫亮著雙眼,「我記得一百、兩百跟四百公尺紀錄保持人都是妳!」

咦?什麼?童胤恒有些錯愕,對厚……陳偉倫是酷愛體育的人,他哪會去管什麼怪胎或是外星人之類的傳聞——等等,汪聿芃是短跑者?

「嗯,以前就隨便跑跑就贏了。」汪聿芃說得很自然,她眞的不是故意臭屁,對她而言這就是理所當然的事,「我後來有一直刷新自己的紀錄啊!」

「對啊,國中跟高中組都是妳,然後呢?妳大學組要參加嗎?」陳偉倫可激動得很。

「有比賽我又有空就會去。」汪聿芃看著他,再往一點鐘方向的遠處望去,

「你不是科學驗證社的嗎？你不必過去幫忙嗎？」

陳偉倫用力的搖頭，「我新生，用不上我，很多人我都還不熟悉……而且拜託，你們那天講得這麼可怕，不要看大家好像很熱絡，心裡驚嚇的人不少喔！」

童胤恒忍不住輕笑，「不是相信科學嗎？怎麼會怕？」

「還不是你們說剛好讓大家當實驗品！唉，我跟你說啦，我心底也是信科學的，但是——」陳偉倫說得中肯，「有些事就是無法解釋，就是該寧可信其有啊！」

汪聿芃忍不住看他，覺得莞爾，「你們好矛盾喔！」

「隨便啦！」陳偉倫也不在乎，他只要沒事不要淌渾水就好。

尤其看著都市傳說社的人，一副斬釘截鐵有花子的樣子，還要他去驗證花子到底是攻擊型還是溫和型！媽呀！他才不要！

康晉翊身為社長當然是亦步亦趨跟在科學驗證社旁邊，看著他們錄影，派人出去敲門、呼喚，使用各種召喚花子的方式，一輪又一輪；細心的簡子芸則在一旁觀察，必要時糾正行為；而小蛙則負責錄影，對方錄，他們自己也該錄，以後萬一被掉包還可以交互指證。

只是不管哪種版本的召喚法，廁所裡都沒有回應，連上鎖聲都沒有聽見。

這讓蔡志友得意起來。

「第一間廁所結束了喔，花子是去上學了還沒回來嗎？」他戲謔的嘲弄著康晉翊，「這樣下去可怎麼辦？」

「沒什麼怎麼辦的，你錄你的，花子願不願意回應我們無法控制。」康晉翊刻意不理睬他的諷刺，只顧著轉身跟簡子芸他們討論。

小蛙闔上相機，有點嚴肅的也靠過去，花子沒出現他們倒不是太在意，簡子芸拿著一個小本子，在溫和那欄打勾。

「他們等等會去行政大樓拍嗎？」她問著。

「如果現場封鎖線撤掉就會去。」康晉翊輕輕頷首，「我知道，妳要說那邊最可怕。」

「畢竟教務主任在那邊出事啊……不過他們好像是計劃每間廁間都拍嗎？」簡子芸蹙起眉，「我十一點有課喔！」

「放心，汪聿芃沒課，她會接手……」康晉翊頓了兩秒，「我也在。」

要眞的交給汪聿芃，連他都會憂心。

「我聽童子軍說，她以前就HANDLE過一整個校慶的，沒問題的！」小蛙挑了挑眉，「她只是反應跟我們比較不同而已，策劃鬼屋的所有細節耶，很厲害

了！」

「是噢？」康晉翊跟簡子芸擺明就是一臉不信的樣子。

才認識不到一星期，她的說話方式、時機、用詞都很難令人信服啊！

科學驗證社得意的高聲討論根本就沒有花子，圍觀的學生們有一片叫好的，也有人在竊竊私語，說著好像這麼囂張有點不敬，各方支持者都有，稍早外圍還吵成一片。

不過最讓康晉翊不爽的是，「都市傳說社」貼一篇花子文就被關切，科學驗證社鬧得這麼大，學校連個屁都沒放，像是巴不得他們快點證實世界上沒有都市傳說似的。

都自由大學了，是有必要這樣針對一個社團嗎？

「等等挑戰下一間喔！」蔡志友回身洋洋得意，「有心理準備了嗎？都市傳說社！」

「別理他們。」康晉翊輕輕笑著頷首，咬牙切齒的說著，「他們就希望我們動怒。」

「我還眞有點希望他們遇到攻擊型的花子。」小蛙不太爽的唸著。

「小蛙！」簡子芸推推他，「不要這樣。」

他們喜歡都市傳說，但眞心不喜歡有人因都市傳說而傷亡……雖然教務主任妨礙他們不爽，干預社團事務也令人不平，但這都不代表他們希望他慘死在廁所裡。

而且，今天死一個教務主任，誰曉得下一個是不是自己？

「如果等等眞的出狀況怎麼辦？」簡子芸憂心的是這個，他們誰也沒辦法應付啊！

「既來之則安之啊！」康晉翊回得順暢，「學長不是有寫應對之道！」

小蛙忍不住皺眉，這是哪門子的應對之道啦！有寫等於沒寫啊！

簡子芸只能嘆氣，她也知道郭學長寫的什麼，每一次他們也都沒做什麼準備，視情況見招拆招，但看看教務主任的死狀，是要怎麼安之啦！

她覺得……說不定事發時她會邊尖叫著衝出去……不對，搞不好根本嚇得腿軟了。

「走囉！都市傳說社！」科學驗證社副社長林皓卉細聲說著，眼神裡都是輕蔑。

一大群人浩浩蕩蕩的往鄰近下一間洗手間出發，圍觀的學生隨著時間越來越晚，人越來越多，甚至有些師長也開始在遠處旁觀。康晉翊維持微笑的左右張

望，回頭看見還在遠方的童胤恒他們，揮揮手表示該走了。

「嗯？」他瞇起眼，留意到更遠處的人，「好煩，那個吳主任是怎樣？」

「什麼？」簡子芸回眸，「厚，還有那個警衛先生。」

她別過頭，根本不想正眼瞧他們，較之於科學驗證社而言，他們反而更討厭拿師長權威來壓他們的人。

汪聿芃注意到他們的表情，也跟著回首，在不遠處瞧見了熟悉的身影。「噢，吳主任也跑來湊熱鬧了耶！」

「我知道，那個孫警衛也是，我看他們巴不得科學驗證社成功。」童胤恒頭也不回，「我只是覺得那個警衛特別關注我們。」

「而且那天下午他明明有看到花子……應該說聽見，後來卻否認到底！」汪聿芃不喜歡這樣的人，「門子門上的聲音跟樣子，他都有見到。」

「不願承認吧，看他嚇成那樣……」童胤恒頓了幾秒，「也說不定是校方施壓。」

這個是最有可能的事。

看著其他人，童胤恒倒提不起興趣往前，寧可就在這裡曬太陽閒聊打屁，他跟汪聿芃上午恰巧都沒課，可以在這兒閒晃；眼尾發現吳主任也往前走了，師長們眞的很關心他們這個沒落的小小社團耶！

「喂，如果眞的沒錄到花子怎麼辦？」陳偉倫好奇的問著兩個社員。

汪聿芃跟童胤恒同時看著他，同時揚起絕對不懷好意的微笑，「恭喜你們撿到一條命啊！」

科科，這個他們社內早就研究過應對法了！

陳偉倫忍不住打了個哆嗦，到底在說什麼啦！嚇人嗎？

「好熱，我們去買飲料好了，正好跟他們路線一樣！」童胤恒提議著，「順便買給康晉翊他們！」

「好哇！」汪聿芃舉雙手贊成，十點多飲料店應該都開囉！

才緩步往前走，身後傳來可愛又吱吱喳喳的聲音，回身一瞧，竟是一整票小學生到他們學校來做校外參觀了。

「青山國小的耶！」他們學校A大在半山腰，山下就有一間小學，雖然大家很常騎車經過，倒是沒有見過這麼大批小學生。

孩子們天眞，而且看起來不只一個班，有低年級也有中年級，嘻鬧奔跑，老師還得看著顧著。

天氣熱，小朋友兩頰都紅撲撲的，童胤恒笑著到一旁去，讓路給小朋友先

走，前頭的老師說著等等要到大草坪去野餐，應該就是舊教室這區後頭的庭園了。

「要上洗手間的這邊喔！」他們在前方停了下來，零星幾個孩子往剛剛才拍完的洗手間衝。

「老師好熱喔！我不想曬太陽！」孩子們抱怨著。

汪聿芃也忍不住輕笑，這條石板大道上毫無遮蔽物，看他們曬得滿頭大汗，當然想快點到陰涼處去。

「欸，我姊姊說這裡的廁所有花子耶！」

咦？三個大學生同時止步。

「什麼花子？」

「就是廁所裡有小女生，你叫她，她會跟你聊天喔！」

不！不是這樣的吧！童胤恒緊張的回首，卻只看見一大票女孩子往廁所衝，他跟陳偉倫不約而同的看向汪聿芃——知道啦，只有她是女生啊！

汪聿芃趕緊疾步追上前去，也假裝要上廁間的排隊，一邊注意是哪幾個皮小孩居然想跟花子玩。

結果一直到小朋友都快上完了，好像也沒人做出什麼蠢事，可能只是想想而已吧……真抱歉，雖然她是都市傳說社社員，但這間廁所她一間都不想上。

喀啦，左邊那道門走出了穿著制服的女孩，個子很小，不知道是低年級還是中年級。

踮起腳尖很辛苦的洗好手，女孩抬頭看著她微笑，把手往衣服上抹了抹，然後突然回首──「花子，妳在嗎？」

什麼！汪聿芃嚇得僵住身子，看著女孩認真的看著廁間，那雙眼底真是充滿期待啊！

「有嗎？」驀地，身後還傳來另一個女孩子的聲音，「她有說話嗎？」

「噓，不可以吵，要等她。」前頭的女孩煞有其事的對同學比噓，「花子，妳──」

「咳！」汪聿芃趕緊咳嗽，咳得超用力的，「咳咳咳咳！」

兩個女孩抬頭望著她，眼神都是錯愕，順便還附加這個大姊姊好怪喔的意思。

「噓！不可以亂叫她喔！」汪聿芃彎身，認真的編故事，「她在睡覺，妳們吵她她會生氣的！」

花子在睡覺啊……在門口附近的童胤恒無奈的看著陳偉倫，反正不要讓小朋

友亂召喚就好了。

「她在睡覺喔，可是很晚了耶，她不必上學嗎？」剛進來那個低年級的女孩好奇的問。

「她不必上學！」汪聿芃轉身順勢把兩個小朋友往外推。

一見到人出來，童胤恒鬆了一口氣。

「爲什麼她這麼好，都不必上學？」中年級的女孩噘著嘴問，「可以睡這麼晚？」

汪聿芃僵硬的擠著笑容，抬起頭用求救的眼神看著童胤恒，出手啊！童子軍！

「因爲裡面那個小朋友，她很久很久以前死掉了，只能留在裡面喔！」童胤恒的答案，出人意料竟如此直接！

可以這樣跟小朋友說話嗎？兩個女孩一高一矮，中年級與低年級，用一種可憐的眼神看向他們。

「爲什麼她死掉了？」低年級的眼眶已泛著淚了。

汪聿芃趕緊蹲到她們身邊，她反應不快，要她臨時編故事也太難了吧！

「因爲很久很久以前，她沒聽媽媽跟老師的話，自己一個人亂跑，結果……

「哇，遇到壞人了！」童胤恒早已單膝跪地，溫和的對著兩個女孩說話。

汪聿芃突然懂了，他想順便讓小朋友知道不要亂跑，也不要隨意召喚花子……到底是誰教小朋友說，廁所裡的花子是叫出來會陪她們聊天的啦！

「壞人！」小女孩驚恐的看著他！

「對啊，所以她嚇得跑進廁所裡躲起來了。」童胤恒完全用大哥哥說故事的口吻，「所以妳們這樣叫她，她會很害怕的！」

中年級的歪著頭，「可是她死掉了……是壞人殺掉的嗎？」

果然長個幾歲，懂事很多，不能隨便敷衍。

「那個小女孩生病，她心臟痛痛，因爲太害怕，所以心臟很痛很痛就死掉了。」汪聿芃搬出另一個版本，花子在廁所裡心臟病發身故，比被壞人殺掉要來得平和，也才適宜跟小朋友說。

「嗄……」兩個女孩都露出可憐的眼神，爲那逝去的花子同情。

「所以我們不要隨便去叫她，她會以爲是壞人，她很害怕。」童胤恒趕緊機會教育，「而且她在裡面待得好好的，不要嚇她。」

「這裡還有壞人嗎？」中年級的女孩皺著眉問。

「……沒有啊！」童胤恒搖了搖頭，「現在沒有壞人了喔！」

「那爲什麼她還在害怕呢？」女孩困惑的問著。

咦？汪聿芃腦子裡閃過某個想法，但一時沒抓住，只覺得有點震撼的望著中年級的女生。

「爲什麼……對啊，她爲什麼還在害怕呢？」她喃喃的，竟跟著小女孩的話尾說。

陳偉倫不善應付小孩子，但也發現汪聿芃又錯頻了，現在應該是要解釋給小朋友聽啊！

「因爲她不知道壞人走了！」他彎身接口，「就一直很害怕。」

「那爲什麼不能告訴她壞人不見了，不必再害怕了？」女孩抬起頭，「還是那個壞人根本還沒走呢？」

「呃……不是這樣的，因爲花子覺得待在裡面才安全。」童胤恒趕緊扭轉局勢，「出來就不安全，而且妳們在外面隨便亂喊她，她都以爲是壞人的！」

「哦……」低年級的點點頭，似懂非懂，「所以不可以隨便叫花子。」

「對！」童胤恒喜出望外，總算說出他要的答案了。

「所以她覺得壞人還沒走嘛！才會一直害怕，一直躲著。」中年級的嘟起嘴，回頭看著小徑那頭的洗手間，「花子好可憐喔。」

是啊，花子好可憐喔……汪聿芃陷入了一個人的沉思，像機器人般不太動了。

「是啊，所以不要隨便吵她喔！」童胤恒顧著跟小孩子說明，「也要記得跟別人說，不要隨便吵花子。」

兩個女孩不約而同的點點頭。

「對不起……」老師走了過來，「一切還好嗎？」

「啊，沒事！」童胤恒趕緊起身，迅速的跟老師說明狀況，廁所裡的花子一事在網路流傳，還是請老師留意學生。

陳偉倫看顧著那個小小女孩，不一會兒低年級的老師過來招手，小小女孩就快步的奔過去了。

中年級女孩的導師正和童胤恒說話，她噘著嘴，用同情的眼神望著洗手間，然後突然拉拉汪聿芃，嚇得她回神。

「那妳可以告訴花子沒事了嗎？一個人在廁所裡好可憐喔！」

「啊……好！」汪聿芃愣愣的回答，「我有空會跟她說……」說什麼啊？

「那她不害怕後，妳要再跟我說喔！」女孩煞有其事的豎起小姆指，「讓花子離開廁所後，再來跟我說。」

跟妳說？汪聿芃遲疑的看著小小的指頭，「妳是……」

「我是愛班！」她用力的微笑，「我叫雪華！」

汪聿芃笑了起來，才山下沒多遠，跑一趟也沒差……而且小朋友轉身就忘了，等等說不定吃個野餐就忘記什麼廁所裡的花子。

她打了勾勾還蓋印，雪華很認眞的說千萬千萬要讓花子知道沒有壞人了喔！老師跟童胤恒道謝後，領著學生們繼續往前走了，乍聽之下她覺得這事件很扯，都市傳說？廁所裡的花子？但是昨天教務主任的凶殺案他們都知道，不管理由是什麼，還是會趁午餐告訴學生。

童胤恒愉快的跟兩個女孩揮手，她們手牽著手拼命回身，用力道別，那天眞的笑靨連陳偉倫都忍不住一起說掰掰。

但汪聿芃，卻依然背對她們，蹲在地上。

「喂，汪聿芃！」童胤恒低下頭，她是怎樣？

「啊？」她跆起頭，錯愕的左顧右盼，「雪華她們呢？」

陳偉倫狐疑的打量，「走了啊？人家跟妳說掰掰耶！」

她踉蹌站起，眼神裡都是疑惑，「是喔？」

是喔？陳偉倫覺得詭異，因爲汪聿芃剛剛還有跟她們說再見，雖然很隨口，但就眞的說了啊！她是不自覺的反應嗎？

童胤恒倒是習慣了，催促著快點趕上康晉翊他們，耽擱太久了。

汪聿芃滿腦子轉的都是孩子的童言童語：是啊，壞人如果走了，花子爲什麼還躲在廁所裡呢？

十二個鐘頭後，他們依然在廁所附近，科學驗證社跟都市傳說社繼續展開夜間錄影，只是一旦夜幕低垂，氛圍跟白天便截然不同。

「都市傳說社」的幽靈社員陸續出現，那些在名單上卻鮮少到社團來的人都開始因爲有了話題而現身，不管如何，就是要來現場加油鼓勵！

只不過下一段的驗證，科學驗證社將閒雜人等都摒除在外。

康晉翊瞠目結舌的站在洗手間門口，「有必要做到這個地步嗎？」

這是校內最大間的洗手間，有十間廁間，門口開在第一間廁間對面，依序往右邊還有九間，十間廁間則與長長的洗手台相對。

這是外語學院的女生廁間，A大外語學院人數眾多，所以這裡廁所最大間，加上一樓進出者眾，所以科學驗證社挑了這偌大寬敞的洗手間做特別實驗。

現在有個男孩正拿著掃把，另一個男孩負責把門拉緊，然後他們利用竹桿的部分，一一從外面將門閂推上，反鎖廁所門。

他們打算把十間廁間都反鎖上，然後進行廁所裡的花子召喚。

「需要玩到這麼大嗎？」簡子芸嚥了口口水，「現在是……晚上耶！」

嚴格說起來，已經晚上十一點半了。

「我們都這樣啊，不然哪能叫驗證！」林皓卉正在確定動線，「之前我們破解後山宿舍鬼屋時也是這樣，要在晚上，在大家都說撞鬼的時刻與條件下，好好的親身體驗錄影，才能破解。」

簡子芸始終愁眉不展，「你們把門反鎖是什麼意思？要是門開的話……那不是嚇死人嗎？」

「門開了就代表真的有都市傳說了。」林皓卉自己說到這句時，明顯的語氣有所遲疑，「當然，我們是不相信有這種事。」

「最好也不要有這種事吧！」小蛙只覺得毛骨悚然，「我怎麼覺得你們一副要逼花子出來的樣子？」

「當然啊！」蔡志友大方走近，「不然我們怎麼叫科學驗證社！她出來，就證明都市傳說的存在，你們贏了！沒有出現，那就是科學驗證成功！」

童胤恒實在有點聽不下去，「我們沒有很想跟你們論輸贏，你們知道嗎？」

「你們接受挑戰了啊，科學與都市傳說，本來就只能選一邊。」蔡志友的笑始終掛在臉上，「今天一整天錄影下來，嘖嘖，危險囉，康同學。」

一整天下來，學校每個洗手間都去過了，沒有任何一間出現花子的蹤跡，沒有詭異的聲音、沒有自動鎖門，更沒有什麼回應，他們就像一群傻子在各個洗手間敲門、呼喚，錄著一次又一次無人的廁間。

事實上到現在，康晉翊的士氣也的確低落很多……至少，至少給點跡象啊！

「這種結果你們本來就要有心理準備吧，都市傳說是不存在的！一旦證實後，我們下星期一會選時間公開，到時也請你們正式道歉。」蔡志友正在配戴錄影眼鏡，「告訴大家沒有廁所裡的花子，別讓大家恐慌。」

「沒錄到不代表不存在。」康晉翊忍著怒火，「別忘了一個星期前，花子也是不存在的。」

「厚，拜託！」幾個社員光明正大的訕笑起來，「這麼好面子當初就不要接受挑戰啊！」

「就是，明明就沒有還要硬拗。」

簡子芸緊捏住康晉翊的上臂，一邊拉住小蛙，不讓他們太衝動。

「等等會有幾個人在裡面?」童胤恒看著蔡志友的裝備，他感覺是要一個人進去似的。

「五個人。」林皓卉解釋著，「社長的眼鏡錄影一個視角，還有另外兩台錄影，其他的打燈還有留意狀況，我們其他人都會在外面待命。」

「門不要關吧。」童胤恒看著洗手間的門，「最好保持逃生路線順暢。」

「嘻……哈哈哈!聽聽他說什麼，逃生路線咧!」蔡志友朗聲大笑起來，笑聲在洗手間裡迴盪著。「上次怪談研究社也是這樣跟我們說厚?結果?」

「什麼猛鬼屋，根本都沒有!」林皓卉聳了聳肩。

汪聿芃緩步走進洗手間，環顧了一圈，「鬼，跟都市傳說是不一樣的。」平淡無起伏的音調，卻讓人不得不留意的看向她。

「有什麼不一樣?」蔡志友挑了眉。

「亡者、亡靈是地縛靈、或懷怨或不知道自己已死亡，有時嚇人、有時是覺得地盤被侵犯，有時是抓交替——還有復仇。」汪聿芃悠哉悠哉的往裡走著，「但是都市傳說……不需要理由。」

林皓卉皺眉，老覺得那個女生怪怪的，「別聽她胡說八道，我們準備喔!」

「幾年前有個幼稚園的女生被剪刀割開喉嚨，小小的女生怎麼可能惹到什麼人，也不可能做壞事所以被復仇。」汪聿芃轉向蔡志友，「她是因爲遇到裂嘴女，答錯了，就被割開喉嚨。」

「都市傳說社」都知道這個事件，這是學長們遇到的事件。

「最先開始是坐公車的女學生，隔壁坐了一個女人，問她漂不漂亮，然後她嘴巴就被割開毀容了。」童胤恒和緩的接口，「沒有過節、沒有理由，純粹只是因爲遇到了。」

這就是都市傳說。

蔡志友開始覺得心跳加快，科學驗證社也靜了下來，剛剛那些訕笑的同學表情也變得僵硬，這些人全是都市傳說的神經病……果然瘋瘋癲癲，每次這樣說個兩句，就能讓他們覺得毛骨悚然。

康晉翊現在超滿意這兩位新生的，直想比個讚，可惜現在不是時機。

「我們要在旁邊參與監督。」他出聲，「小蛙陪我吧。」

「……喔。」小蛙回得很弱。

「我來吧。」簡子芸逕自接過小蛙的錄影機，「我是副社又是二年級……小蛙跟童子軍他們一樣，到外面去吧。」

「謝謝學姊。」小蛙勉強笑著，現在這氛圍……加上剛剛汪聿芃說那些話，

讓他覺得有點剉啦！

科學驗證社振作精神，開始說服自己科學必勝後，便跟康晉翊開始說明等等拍攝的方式，都市傳說社有權提出異議。

他們會先拍攝每間廁間的紅色標記，再用角架架高讓大家看每一間裡面都是空無一人，接著蔡志友開始敲門，與花子對話，決定採用捉迷藏的方式，只要花子有所回應，就算都市傳說社贏。

洗手間大門一定要敞開，科學驗證社派了兩個人壓著門，其他人也卡在門口。倒數計時，氛圍變得非常緊繃。

「等等要把廁所裡的燈光全部關掉。」林皓卉交代著，康晉翊不安的往外看，小蛙豎起大拇指表示他在這裡，他身邊則站著童胤恒及汪聿芃。

「五、四、三、二——」林皓卉的手擱在洗手間的開關上，「一！」

啪，按鈕切下，洗手間裡一片黑暗——但外面整條走廊竟也倏地暗去。

汪聿芃下意識緊抓住童胤恒的手臂，爲什麼外面也要關燈？

「呀！」有人忍不住尖叫出聲。

「怎麼回事？外面的燈也暗了嗎？喔喔，感覺很像眞的有這麼回事喔！」蔡志友已經進入狀況，「我們現在在外語學院一樓的洗手間裡，旁邊這是都市傳說社的社長與副社。」

鏡頭轉向康晉翊跟簡子芸，他們一點笑容都不想給。

「看起來很嚴肅喔！現在時間是晚上十一點半，我們要在這裡看看花子是否存在，在這之前我們先反鎖上……」

嘩……汪聿芃微微回頭，什麼聲音？

現場鴉雀無聲，蔡志友正在讓大家看反鎖的廁所，以及空拍每間廁間裡面的狀況，汪聿芃卻皺起眉，身體往後挪移。

嗯？因爲她抓著童胤恒，所以他也感受到她的分神。

搖搖手，示意的問她怎麼了？走廊上有人拿著手電筒往地上照，只是照明，但不能影響到洗手間裡的燈光，透過這光線就足以讓童胤恒看清楚汪聿芃的神情了。

聽見了嗎？她抬起頭，瞪圓雙眼的指向隔壁。

嘩……隱約的，童胤恒也聽見了水聲，他皺起眉，隔壁是男廁啊，男廁有人倒是不足爲奇。

「現在確定沒人了，我們就要來找花子了。」裡面傳來即將召喚的聲音，蔡志友開始敲著門，「花子，妳藏好了沒？」

汪聿芃轉身，往男廁走去。

「喂！」童胤恒用氣音說著，但依然尾隨跟上，「妳幹嘛？那是男廁。」

「剛剛不是清場了？」她用嘴型說著。

「可是……」童胤恒突然頓了住，越逼近男廁，他聽見聲音更加清晰……不是錯覺，水聲很明顯。

而且那是水龍頭的聲音，嘩啦嘩啦，像有人在洗手，跟小便斗的自動沖水聲不同。

是啊，剛剛清場了，爲了怕影響拍攝，而且這麼晚，也不會有學生在這裡啊。

童胤恒抓住汪聿芃的手腕，把她往身後拉，男廁至少得由他走前面吧，沒有讓女生先往前的道理，萬一眞的有人在如廁也不會尷尬。

「花子，妳躲好了嗎？」蔡志友的聲音響亮。

咿……男廁這裡，傳來了門板移動的聲音。

汪聿芃倒抽一口氣後屏住呼吸，她發著抖揪住童胤恒的衣服，聽見了嗎？那是門在開闔的聲音啊！

呼……童胤恒心跳超快，他站在牆邊，門口就在眼前，緊緊握著汪聿芃的手，隔壁錄影錄得正開心，絕對不會有人想到……花子可能在男廁？

就看一眼……童胤恒抱著既期待又怕受傷害的心情，猛然的衝到轉角的牆面貼牆，好縱觀男廁全貌！

漆黑的男廁裡，只有氣窗自外頭透進來的光，看上去頗爲陰森，男廁規模自沒有女廁這麼大，最多就三間廁間，小便斗居多，現下看去平靜得無以復加。

連水聲都沒了。

「聽錯嗎？」他低語，一雙眼盯著小便斗及水龍頭看著。

汪聿芃堅定的搖著頭，剛剛那分明就是有人開水龍頭的聲音。

叩叩，敲門聲從隔壁傳來，「花子，妳藏好了嗎？」

嘩……接續著蔡志友的問話，洗手台正中間的水龍頭突然有清水流瀉而下！

童胤恒跟汪聿芃僵直了身體，兩眼發直的瞪著那流下的水……外語學院的洗手間才經過整修沒多久，每一間都是感、應、式、水、龍、頭！

一定得有東西……放在感應器前才、才會有水流下的啊！

貼牆的兩個人完全不敢動彈，只能看著那水流洩而下，一般說來水流下都有時限的，一段時間後會……果然，水停止流洩。

但他們還是不敢動。

童胤恒喉頭緊窒，死盯著水龍頭瞧，如果水要再流的話，通常得把手往感應

器再掃一次，水才會再——嘩！

天哪！汪聿芃掐緊了他的手，到底是誰在洗手台前啦!?

「童子軍！」小蛙察覺到他不見了，回首一看，卻發現兩個人貼在廊底的牆上，「你們在幹嘛？」

他用氣音喊著，一邊走過來，這瞬間讓汪聿芃及童胤恒都分了神，正首朝小蛙看去，童胤恒趕緊比了個噓，汪聿芃以手遮眼，那手電筒的ＬＥＤ光未免太刺眼——唰！

一個人影驀地衝進了廁間裡，至少闖進了童胤恒的眼尾餘光！

「什麼!?」他倏地往左看去，某道門砰的關上！

站住！汪聿芃打直右手掌，示意小蛙不要再往前了！

她跟著驚愕的往左望進去，剛剛每間都是半敞開的門，現在有某一間關上了，關得死緊。

第三間。

他看見了，童胤恒緊繃著身子，雖然不是從頭到尾的清晰，但他眞的有看見一個身影奔進廁間裡！

身高不高，小小的……不，應該說根本就是孩子的身形。

空氣彷彿停止流動，小蛙被他們的神情嚇到了，掐著手機不敢再往前一步，童胤恒瞪著那扇緊閉的門，連大氣都不敢喘一下。

右手邊的汪聿芃僵著身子，右手仍呈現打直狀，左手緊掐著童胤恒不放，可身體卻往前傾，往洗手間的方向傾，因爲她想看清楚那間緊閉的門！

「汪聿芃！」童胤恒用嘴型說著，右手擋下她。

「她躲好了嗎？」汪聿芃圓著雙眼問著。

躲……童胤恒想到蔡志友還在隔壁努力，是啊，他們不是正在問花子，妳躲好了沒？

她躲好了啊！

走！童胤恒扣著汪聿芃，朝小蛙甩手，叫他退後，離男廁越遠越好，小蛙連退踉蹌，他什麼都沒看到，卻已經被他們兩個的神情嚇出一身冷汗。

動作不敢太大，他們小心翼翼的離開門口，唯汪聿芃有些不情願，好不容易知道花子在裡面，好歹要知道——

唰，她驀地甩開了童胤恒的手！

汪聿芃！童胤恒嚇得立即轉身，一口氣都快上不來了！

「壞人還在嗎？花子？」汪聿芃直接踩進了男廁裡。

大手攫住了她的肩頭她的腰，童胤恒由後環住她，這是隨時可以拎她走的最佳方式！

花子沒有回答，取而代之的是驚人的潺潺流水聲，從眼前三間廁間傳來，甚至是爲數眾的小便斗……嘩啦，還有同步啓動的水龍頭，整間廁間傳來了驚人水聲。

血水彷彿從馬桶裡湧起，自廁間門縫下溢流而出，由於廁間前都有一階小階級，立即形成血瀑，潺潺流下；小便斗裡的自動沖水系統沖下一重又一重的紅血，唰啦啦，血流不止。

而那自動感應的水龍頭，上頭還有省水裝置，所以流出的血水帶著霧狀，卻如此的強勁。

滿室一片通紅，尤其自廁間裡淹出來的鮮血如此濃稠，童胤恒甚至還聞得到那鐵鏽的血腥味。

環著汪聿芃腰際的手臂施力，將她提離地面，往外頭挪了出來。

「收工！」隔壁傳來如雷掌聲，「科學驗證社，再次驗證成功！」

喝！他們兩個被突然的叫聲嚇到，驚恐的往右看去，看見女廁燈打開，走廊燈逐漸亮起，而眼前的男廁燈竟也跟著亮了起來。

咦？童胤恒立刻正首，水聲已不復在，更別說一室乾淨的地板，哪有什麼紅血！雪白的小便斗、完整無水的洗手台，還有那三間根本半敞開門的廁間，毫無異狀。

「從頭到尾，花子都沒有出聲！」蔡志友的叫聲響亮，科學驗證社興奮的就差沒放鞭炮了。

感受到臂彎間女孩的顫抖，汪聿芃正呆然的看著男廁地板。

「他是認真的嗎？」

童胤恒渾身發涼，抽搐著嘴角，「他們只信親眼所見吧……」

「跟我們一樣。」汪聿芃終於得以換氣，一顆心彷彿被人捏緊了。

小蛙衝了過來，「喂，你們在幹嘛？嚇死人……」他頓住，眼神落在過度親密的他們身上。

童胤恒趕緊鬆開手，「她想闖進去，所以我一時緊張才拉著她往外拖。」

「裡面……」小蛙使了眼色。

兩個人面無表情的同時用力點頭：是，沒錯，花子在。

她在隔壁躲好了咧！

有別於另一端的歡呼，兼對康晉翊的數落嘲諷，對童胤恒來說已經不重要了。

「瞧他們囂張的樣子！」小蛙嚥了一口口水，「可以跟我說嗎？」

「等等吧。」童胤恒調整著呼吸，「我有很不好的預感……」

汪聿芃抿了抿唇，忽然邁開步伐疾往前去，康晉翊跟簡子芸正在收拾東西，一點都不想跟蔡志友他們多交談。

「面對現實吧，都市傳說社！花子從頭到尾都沒有出聲喔！」

「YES！我們週日剪輯，你們也要派人過來監督吧！我們科學驗證社可不造假的。」

「會到。」康晉翊簡短說著，昂首的尋找社員，「我們走囉！」

簡子芸不解的看著遠在男廁門口的童胤恒，他們跑到那麼遠的地方做什麼？還沒意會，就看見汪聿芃直直朝她走來，穿過她與康晉翊中間，一邊挽著一個，就往前走向科學驗證社。

「剛剛負責關燈的是誰？」汪聿芃突然轉頭，卻是對著林皓卉問的。

「關燈？我啊！」林皓卉說得理所當然，「女廁門口這一盞也是我事前就關好的。」

「是啊。」汪聿芃點了點頭，「那要不要先找找看是誰關掉走廊跟男廁燈光

的呢？」

走廊跟男廁？林皓卉皺眉，汪聿芃拽了康晉翊及簡子芸就往樓梯離開，小蛙與童胤恒趕緊從後面追上。

「誰關燈的？不是阿志嗎？」

「沒有啊，沒說要關走廊啊，我以爲是活動組。」

「我們沒啊，大家不就守在這裡，我沒收到關燈指令啊！」

「而且男廁關什麼燈，沒有人要關……可是剛剛好黑耶！」

童胤恒從容的走過一群科學驗證社的社員面前，他們的臉色似是越來越難看。

「順便記得找找是誰開的燈吧。」他拍拍蔡志友，搖了搖頭，「花子，妳躲好了沒——」

隔壁男廁的燈光啪嘰，閃爍了兩秒，就在第三間廁間上頭。

『在……一直都在……』

第七章

公開直播

康晉翊度過了難熬的週休二日，科學驗證社積極的剪輯影片，而都市傳說社也必須在場，以公平公正公開的原則監督，免得日後說科學驗證社影片有後製或造假。

康晉翊全程都在，並不是因爲疲倦而難受，而是看著影片一遍遍回放、一段段的剪輯，不管呼喚了多少次，花子就是沒有回應。

就連氛圍最可怕的那天晚上，蔡志友戴錄影眼鏡的視角是第一人視角，黑暗中的頭燈照明，都讓恐怖氣氛升高，他們這樣一間間敲門，連敲十五次這種傳說都一起驗證了，可是回應他們的依然只有靜寂。

星期天時小蛙有陪他，他幾度想開口提起那天晚上隔壁男廁似乎有發生事情，但童胤恒叫他別說，到口的話又給呑下去了。

科學驗證社處在欣喜若狂的氣氛中，繼破除猛鬼宿舍的傳聞後，他們這次直接挑戰了曾經風靡一時的都市傳說社，而且更是在最短的時間內破除他們在網站中宣傳的「校園廁所裡有花子」。

康晉翊的認知依然是「都市傳說不一定會回應你」，不管什麼都市傳說都一樣，原本就不是每個人都遇得到，也不一定會發現，所以他心底還是認定有花子，只是沒讓科學驗證社拍到罷了。

星期一，科學驗證社大動作宣傳正午十二點時，會在粉絲專頁放出驗證影片，標題還下得很聳動：「科學驗證社破除都市傳說」，只是康晉翊沒料到他們誇張到居然還要在校園裡的星空草坪公開播放。

「是哪來這麼多資源啊？」童胤恒看著正在架設的白布幕，滿腹疑問，「這不是電影社播放電影用的嗎？」

「這週是老電影週，電影社每天晚上都會在這裡播放老電影，讓大家回顧早期看電影的年代。」簡子芸清楚的解說，「就剛好面對草坪，晚上六點半開始吧……大家都可以買東西坐在這裡吃東西加看電影。」

「這麼巧……還是他們會利用時間？」小蛙心裡挺不爽的，「他們粉絲專頁設定同步直播時間就算了，還這麼大動作的公開播放！」

康晉翊始終不發一語，身爲「都市傳說社」社長，他心情自然不是很好。

「你寫聲明了嗎？」簡子芸漫不經心的問著。

「怎麼可能！」康晉翊冷笑著，「我昨天就接到學校來信，提到科學驗證社的通知，根本沒有花子，希望我們好自爲之。」

「噢，好自爲之啊！」只見簡子芸順手滑著手機，「我倒是寫了一篇，你要參考嗎？」

咦？康晉翊很訝異，立刻接過去看，雖然多半社團的文章都由她撰寫，可是要他否認都市傳說的存在，那是不可能……

望著手機的他瞪圓雙眼，一旁的簡子芸勾起嘴角，一副比科學驗證社還得意的姿態。

遲來的汪聿芃遠遠就看見架設好的雪白螢幕，她忍不住皺眉，緊揪著側背包的袋子。

「這會不會太誇張？還發LINE叫我們來觀賞喔？」指定在星空草坪，科學驗證社眞的太囂張。

「故意的吧，我猜他們的攝影師一定準備好了，等等全程轉播我們看影片的表情，大家記得商量一下。」童胤恒若有所指的看了她一眼，「所以，妳這兩天還好嗎？」

「很好，我想了很多事。」她淡淡回著，眼神沒離開過布幕，「科學驗證社的氣燄太高了。」

「只能說人天眞眞好吧！那天晚上找不到誰關燈的也能這麼HIGH。」陳偉倫說了，查到最後沒有人關走廊或男廁燈光，所以——

他們就認定是「都市傳說社」的人幹的，爲了製造恐怖氛圍。

「我不覺得他們可以這麼簡單的使用這個布幕，就算是電影社的也不該那麼好配合。」汪聿芃邊說邊往前走，開始左顧右盼，「而且我還覺得他們來嗆聲得很奇怪。」

童胤恒蹙眉，不知道她在找什麼，手機LINE傳進來，陳偉倫傳訊提醒他們等等社內會故意拍他們，還會衝過來訪問，要他們有心理準備。

「社長，等等科學驗證社可能會做突擊訪問喔！」他趕緊提醒。

「啊……欸！」帶著微笑看完簡子芸打的文章，康晉翊抬首滿臉欣慰，「沒關係，讓他來問啊，反正我不可能否定都市傳說的存在。」

童胤恒跟著微笑，他們之所以先不跟社長提及那天晚上的事，主要也是爲了科學驗證社的事件未解決，不想讓康晉翊或是簡子芸分心；一旦他們知道了，只怕跟科學驗證社相處時，說不定又起爭辯，徒增麻煩。

他自己昨天還跑到那間男廁去探查，有點蠢但就是壓抑不住好奇心，他還每間廁間都瞄了一次，試著在門口喊過花子，但花子什麼都沒回應。

「欸，在找什麼？」童胤恒追上一直往人群走的汪聿芃，她仍舊一副探索樣。

「在看有多少老師。」她認眞的找尋，「我覺得科學驗證社後面有學校撐腰，他們才這麼得意張狂。」

「……妳覺得是學校授意他們過來的？」童胤恒深吸了一口氣，「不無可能，他們速度這麼快，如果教務主任在出事前一天就授意的話……」

汪聿芃轉了過來，用嚴肅的眼神凝視著他，「以前夏天學長他們有被打壓得這麼嚴重嗎？」

童胤恒一怔，「我不知道……但應該沒有啊，當年的都市傳說社那可是炙手可熱哩！」

所以啦，這就是她百思不解的地方啊！

剛入學，她也不認識多少人，只能從外觀判定哪些是老師哪些是學生，這件事還眞是校園熱門話題，還不到十二點，星光草坪上已經滿滿都是人了！

小蛙找了個好位子，叫他們折返，他們不要擋到任何人，就站在遠處的旁邊。康晉翊交代誰也不要坐下，越顯眼越好，這時候反而不能靜默。科學驗證社突擊採訪，大家只要說自己堅信的事就好了，全校幾個人看過裂嘴女？誰眞的拍到過？誰能說都市傳說不存在？

就算當年的創社社長夏天學長，也沒有跟都市傳說合照自拍的畫面啊！

「有機會還是要再交代上廁所一定要留心，千萬不要因爲好玩去召喚花子。」童胤恒好意提醒，「眞的千萬不要冒險……」

「現在說這個大家會不會認爲是垂死掙扎？」小蛙其實還挺不安的，「科學驗證社都這樣拍片出來了，我們還在講這些，搞不好認爲我們死不認輸、製造恐慌。」

「總比再一個教務主任好。」汪聿芃說話還眞是一針見血，「沒人希望死在馬桶裡吧？」

這音量不大不小，至少周圍的學生都瞪大了眼。

「十二點了！」現場開始騷動，而蔡志友也的確帶著科學驗證社的社員浩浩蕩蕩登場。

童胤恒很快的在螢幕附近瞧見吳主任的身影，他隔了段距離，雙手抱胸一臉期待的望著科學驗證社的社員們，認定都市傳說社屬怪力亂神的人自然是喜悅的。

但不知道爲什麼……童胤恒總覺得事情不會這麼容易。

那天花子就在隔壁，她爲什麼不回應蔡志友？不停的打開水龍頭是刻意吸引誰的注意嗎？她知道汪聿芃會聽見？還是只是在隔壁玩耍？

「對了，我有件事想問妳。」童胤恒附耳在汪聿芃旁，「那天妳爲什麼那樣問？」

「什麼？」她疑惑的反問。

「妳的召喚法啊，妳不是問她在不在，而是問她壞人還在嗎？」童胤恒沒有聽過這種問法，這是當聊天嗎？

「亂問的。」汪聿芃還真敢講，「因爲那天早上小朋友的童言童語，讓我覺得還挺有道理的，花子也是孩子不是嗎？」

爲什麼花子到現在還害怕？因爲壞人還在嗎？小小的女孩的確這麼以爲，某方面而言說得也沒錯，只是……花子已經是都市傳說，她會一直存在於廁間裡，跟壞人在不在其實不大有關聯吧？

「那……」童胤恒還想再說什麼，結果麥克風傳出刺人耳膜的聲響——

「吱！————」

哇啊！在場眾人忍不住起了雞皮疙瘩，掩耳皺眉，蔡志友他們趕緊離音箱遠一點，免得又發出那種可怕的尖銳聲。

「對不起對不起……」蔡志友連忙道歉，「大家好，我們是科學驗證社！」

「噢噢噢！」現場傳來如雷掌聲，小蛙點開手機，他們的粉專也正在進行直播，時間是十一點五十八分。

「大家都知道，這次是我們跟都市傳說社的對決，他們一直宣傳廁所裡有花

子，還叫大家小心，甚至影射了教務主任的意外，可能跟都市傳說有關——」蔡志友邊說邊指向了康晉翊，「啊啊，都市傳說社也到了，在那邊！」

直播的手機轉過來，看見的是幾個人森冷的微笑，呵、呵、呵，笑到人覺得有點毛骨悚然。

「呃，經過我們上週的拍攝驗證，都市傳說社從頭到尾都在旁邊，我們也用他們說的方式試著與廁所裡的花子進行接觸，最後——科學依然驗證成功，根本沒有花子這種事！」林皓卉對著蔡志友比比時間，倒數計時，「廢話不多說，請看我們的影片——」

大白天在白幕上播影片是有點蠢，不過看在他們這麼有誠意的份上，汪聿芃還從包包裡拿出墨鏡來戴，這樣看得比較清晰。

現場的學生大部分在幾秒後就放棄，直接滑開手機看他們粉專的影片比較實在。

影片是同步播放的，康晉翊其實不太想看，光用聽的都心情鬱悶，從開始拍攝到剪輯，前面都是快速播放，重頭戲自然是在夜晚的外語大樓女廁；科學驗證社早先說了，影片完整版有半小時，今天正午公布的是精華剪輯版，只有三分鐘。

所以氣氛最詭異的夜間拍攝自然是重點。

第一人視角，敲門與迴音，以及在黑暗中那種搖晃與刺眼燈光，伴隨著濃厚呼吸聲，都是製造緊繃。

叩叩叩，螢幕上顯示著蔡志友的手在敲門：『花子，妳躲好了嗎？』

四周一片寂靜，這些康晉翊都已經看到爛了，兩天的剪輯他也都有側錄，不管聲音放到多大，完全沒有任何聲響。

『沒有回應，再來第四間。』蔡志友刻意跳過第三間，『因爲廁所裡的花子有個別稱，叫第三間的花子，所以我們最後再來試第三間。』

如法炮製，四五六七，現場一片靜寂，每人都屏氣凝神的在看著手機或螢幕，儘管科學驗證社已經聲明他們證實了都市傳說不存在，但依然讓人神經緊張。

『現在……呼……』蔡志友倒是很會做效果，康晉翊挑了眉，他在現場就這麼覺得，『我們來試關鍵的第三間。』

蔡志友瞥向了康晉翊，精簡版的影片在這幕後就會結束，不會拍攝科學驗證社當晚的歡呼，因爲他們要現場、在這裡歡呼，公開宣布——根本沒有廁所裡的花子！

叩叩，敲門聲如同社員們的心跳，汪聿芃已經決定，等等就躲到童胤恒的背後，她不喜歡面對那些。

『花子，妳躲好了沒？』

鏡頭對著第三道門，刺眼的燈光對著，情況跟之前都一樣。

『這是最後一道門了，』背景是蔡志友的聲音，『看來也是沒有……』

『躲好了喔。』

——咦？——

背對著大螢幕的蔡志友當場僵住身子，所有在草坪上觀看的學生都驚愕的抬頭，瞪圓雙眼看著前方、看著螢幕——剛剛那是什麼？

「什麼？」蔡志友吃驚的回頭，怎麼會有聲音!?

都市傳說社也瞠目結舌，聲音的確是從影片裡傳出來的，而且是小女生的聲音。

『我躲好了喔……』緊接著，那聲音幽幽的從大螢幕、從每個觀看中的手機裡傳來，『花子躲好了……』

康晉翊張大了嘴巴，他在現場！那天晚上他就在現場！根本沒有人說話！而且剪輯時大家都在，花子從頭到尾沒有任何回應！

簡子芸直接腿軟，但也沒人注意到，任她跌在草地上，那天晚上她可是陪著康晉翊在洗手間裡的，根本什麼都沒聽見啊！

童胤恒默默向左看向了汪聿芃，她眼鏡下的雙眼閃閃發光，嘴角跟著劃上了微笑。

花子在，她說過了，她一直都在啊！

『打不開打不開！』那聲調變得急促慌張，門板開始喀啦喀啦，『不要——我不要——』

怎麼？童胤恒緊張上前，聲音為什麼變成恐懼跟尖叫？

『救命！救命——我沒看見，我眞的什麼都沒看——呀——呀——』淒厲的慘叫聲傳來，『打不開，我不要打開！我不要——呀呀呀——』

小小的女孩子發出恐懼的求救聲，那尖叫聲盈滿驚駭。

但是，現場的尖叫聲倒是不輸陣，意識到花子出現在影片裡的學生們，紛紛嚇得瘋狂大叫，逃命般的逃離現場！

「哇！聽見了嗎!?那是花子！」

「哇啊！」有人嚇得關機，踉蹌的奔離。

科學驗證社亂成一團，所有人都傻了，能動的沒幾個，林皓卉機靈的下令快點關掉電腦，但偏偏此時電腦居然當機了！

螢幕彷彿停在第三道門前，那道門急速的晃動著。

『不要開！求求你——哇啊！哇——』花子的叫聲沒有停，反而變得越來越可怕！

童胤恒忍不住邁開步伐往前奔去，他要再近一點，才能看清楚那螢幕上的樣子，門板劇烈晃動，像是有什麼東西摔在門板裡的樣子。

「快點關掉！」蔡志友的聲音吼著，「音響關掉！」

血噴了出來。

童胤恒看見有血花從門裡飛濺而出，因爲鏡頭位置的關係，所以只能看到些許的噴濺，但是那驚絕的尖叫聲沒有停止過。

『哇啊啊，不要！媽媽！媽咪——』小女生飽受折磨的哭喊著，『呀——啊呀——』

後面是近乎歇斯底里的叫聲，根本沒有氣力，只是拔高了尖音奮力尖叫著……她很痛，又恐懼又痛。

「到底在幹什麼!?」林皓卉的聲音都在抖。

「就拔掉了啊！」熟悉的聲音傳來，童胤恒立刻向右前方看去，是陳偉倫，

他手中緊捏著電線，「但它還在播我怎麼知道！」

現場學生竄逃到剩沒幾個，但那尖叫聲沒有停歇，FB上的影片也持續播放，蔡志友緊急聯繫把影片刪掉，看起來沒有如他所願，因爲他臉色相當慘白。

重擊聲聽來令人心寒，戴著墨鏡的汪聿芃緩步往前，聽著那撞門、撞牆聲，還有迴音。

「教務主任就是這樣死的嗎？」幽幽的，她突然有所領悟。

童胤恒兩眼發直的看著螢幕，無法離開視線，剛剛某個撞擊聲，眞的很像頭顱去撞擊物品的聲響，嗡……

康晉翊衝到科學驗證社的設備旁，看著臉色慘白的社員們，電腦的連結接頭與音箱電線都拔掉了，但是他們的影片仍持續的播放中。

光現在這場景該怎麼解釋？最好科學驗證給他看啦！

童胤恒突然衝向蔡志友，一把搶過他手上的麥克風。

「花子，妳在嗎？」他沉著聲喊。

……螢幕裡的尖叫驟停，碰撞聲、哭喊聲，彷彿在一瞬間消失。

『在一……一直都在……』輕微的、可愛的、小小的聲音傳了出來。

啪，螢幕瞬間暗去，聲音歸零，一切眨眼間歸於平靜。

蔡志友呆然的站在原地，天曉得冷汗已經浸濕他的衣服，那影片他看了幾百次，根本、不可能、有任何聲音……從來沒有過。

「我是你們的話，去廁所一定要格外小心。」康晉翊好意勸告，「好了，收一收快回去吧。」

「還能走的叫些甜的飲料吧，你們都需要壓壓驚。」童胤恒把麥克風塞回蔡志友手中，「陳偉倫！」

陳偉倫握著電線，發抖著身子望向他。

「別再叫我打系籃了。」他無奈的笑著，SEE，花子在呢！

「該發表的聲明我們都市傳說社會發的。」簡子芸平靜的上前，「感謝科學驗證社的驗證。」

「嘖嘖嘖，他們也該發表個聲明吧！」小蛙知道落井下石是不好的行爲，但風水輪流轉嘛！

「小蛙！」童胤恒暗示他別這樣，沒見到這票科學驗證社的都已經嚇到站不起來了嗎！

「我們走吧！」康晉翊雙眼熠熠有光，「對囉，你們要訪問的話隨時歡迎喔！」

簡子芸綻開了笑容，回身往鐵皮屋的方向奔去！

花子！真的有花子！YESSSS！而且是在全校面前驗證了，花子是存在的啊！

汪聿芃摘下墨鏡，她沒有即時跟著康晉翊離開，反而趨向了蔡志友，蹲下身子。

「是誰叫你們來找都市傳說社麻煩的？」她語調平靜卻夾帶著微慍，「創社一年都沒來找過碴，我覺得有人支持你們。」

蔡志友戰戰兢兢的抬起頭，到現在上下排牙齒還在打顫，「什……什麼？」

童胤恒擰著眉，汪聿芃說得不無道理，他立刻看向剛剛吳主任的方向，此時已空無一人……附近根本都沒人了。

「教務主任的事剛發生，我們打算發文你們就來了，我也覺得不對勁，而且資源超豐富，就不要提那天要去外語學院拍攝，系館明明十點關，卻好像在等你們去一樣。」最好事先申請可以這麼快啦。

林皓卉雙手抖著互相搓著，「那個、那個是花子嗎？」

「有誰叫你們來找我們驗證嗎？」汪聿芃只執著於自己想要的答案。

蔡志友痛苦的點點頭，雖然他現在只想知道，影片是怎麼回事？冒犯都市傳說的話……花子會找他們麻煩嗎？

「上廁所小心就好了，多讀讀我們社團的文章，可以避免憾事！」童胤恒看穿了他們的恐懼，「啊，不要想跟她道歉，就是完全不要對話就對了，知道嗎？」

幾十個社員同步點頭如搗蒜。

「嘿！」汪聿芃對著低首的蔡志友彈指，她要的答案呢？「你快點啦！」

蔡志友快哭出來了，「朱老師、吳主任和教務主任，教務主任前一天就發信給我們了，問我們為什麼不去破除都市傳說……」

「教務主任隔天就出事了，你們不覺得奇怪嗎？」童胤恒蹙眉，眞不愧是科學驗證社，都沒在信的。

「有啊，但是……但是我們是科學驗證社。」林皓卉哽咽的哭著，「而且吳主任直接打來催我們，說你們要利用教務主任的事情散播恐懼跟花子，我們一定要趁機打壓你們……」

「吳主任……」汪聿芃挑了眉，「那天在行政大樓外的，不知道是哪個部門的主任啊？」

「對！」林皓卉精準說著，「他是數學系的系主任，吳志木。」

「數……」汪聿芃一怔，呆愣的看向童胤恒，「我的系耶！就覺得面熟！」

童胤恒圓著雙眼，無奈的倒抽一口氣！

「汪聿芃！妳系主任妳不認得！會不會太誇張啊！」

輪子拖曳聲卡卡，在不平的地面上發出可憐的聲響，這塊白板使用已久，拖來搬去的早就舊了，但這是「都市傳說社」的專用白板，從來沒人說要更換，它跟那塊招牌一樣，是無可替代的。

板上有著眾多墨水殘跡，是這幾年來書寫留下的顏色，雖然斑駁，但那就是歷史。

簡子芸負責在上面統整，各式花子的傳聞及由來，再加上他們學校裡出現的花子，獨立洗手間、行政大樓二樓、以及外語學院的女廁……還有男廁。

回到社團後，童胤恒才道出驗證當晚的事，蔡志友一邊在女廁那邊敲，花子就在男廁這邊回應，水、紅血，什麼都來。

汪聿芃坐在角落，自己抱著筆記本，一邊望著白板，一邊看著本子。

「廁所是互通的，這應該沒有異議了，我覺得花子是隨心所欲的，想去哪兒就去哪兒。」康晉翊望著白板沉吟，「她今天可眞的是嚇壞人了。」

小蛙悶在桌邊，抱著手機不知道多久，越看越毛。

事情最恐怖的不是那部影片播出，大家聽到花子慘叫或回應的時刻，反而是事後好奇再看一次影片——小蛙不知道重播幾十次了，根本沒有花子回應的那一段！

科學驗證社粉絲專頁上的影片，正如康晉翊在剪輯室時所見的成品，影片裡蔡志友最後一句話是：『看起來根本沒有都市傳說喔，科學驗證社再次成功了！』

畫面就切掉，轉暗。

什麼『躲好了喔』，或是尖叫、撞門甚至噴血，那些畫面全部都沒有！唯有在十二點多同步收看的人，才有看見那驚人的畫面，再加上那時大家都嚇傻了，根本沒人有時間用手機錄影，所以十二點那歷歷在目的畫面，完全找不到！

「這太毛了吧！我們那時看見的是什麼啊？」小蛙完全不可思議，「只給……那時的人看的嗎？」

「科學驗證社那邊有什麼回應嗎？我讓蔡志友去查原始版。」康晉翊其實也很震驚，「童子軍？」

由於從頭到尾他都有側錄，一回到社團康晉翊就讓童胤恒查看他側錄的部分，連接到電腦，用藍芽喇叭播放，放到最大聲，也沒聽見花子的聲音。

「沒有，就只有剛剛在現場聽見的而已。」童胤恒拔掉音響接頭，「那是慘叫聲你們知道吧？」

簡子芸正好寫上教務主任四個字，再用紅筆畫了一個X。

「花子、教務主任、慘死。」簡子芸邊說，一邊寫著關鍵字，「花子是遇到變態被殺掉的，我覺得我們的花子是這個。」

聽那驚恐的慘叫聲，教務主任的慘死，那小小的廁間裡依然可以奪去一個人的生命。

「所以花子也讓主任慘死嗎？」童胤恒有點不解，「爲什麼只有主任？如果花子有意，我覺得整個科學驗證社都別想逃過。」

「而且花子這樣攻擊人也沒道理。」康晉翊搖著頭，「你們那天不也全身而退？」

「我們沒踏進洗手間。」童胤恒擰起眉，「但是她用滿間的紅血，像是在告訴我們什麼……」

咿歪，椅子拖拉聲響，汪聿芃抱著她的筆記本起身，筆直走向了白板，逕自拿起綠色的筆。

她在旁邊的空白處畫著一個又一個的框框，框框裡填上名字：教務主任、吳主任、花子、都市傳說社。

「我們系主任叫科學驗證社來找我們麻煩，教務主任也一樣，施壓得太明顯，以前根本沒這樣。」她在花子跟教務主任中間畫上了連結線，「然後花子剛剛播出的慘叫聲，還有胡亂碰撞的重擊，跟教務主任的死法又很像……」

「這只能代表應該是花子殺了主任。」簡子芸抿了抿唇，「即使我們不知道爲什麼花子會這樣做……」

「因爲，壞人還在。」汪聿芃突然在下面一個框框，寫上了「孫警衛」。

童胤恒立即後退，看著她畫出來的關係圖。

汪聿芃以花子爲中心，放射狀的連結到教務主任、系主任、科學驗證社跟孫警衛身上。

「孫警衛？」連小蛙都不明所以。

「我覺得他怪怪的，那天跟我們一起在廁所時，說他害怕不爲過，我們也很嚇啊，但是他跑得像逃命似的，還一直喊不對不對。」汪聿芃條理說著，「隔天教務主任命案現場，他否認時說了什麼記得嗎？」

大家眨了眨眼，誰記得啊！現在大家剛被直播花子嚇得魂飛魄散好嗎！

「他說不可能會在那裡。」童胤恒沉著聲回應，「我記得他說的那句話，因為感覺非常奇怪，什麼叫不可能？」

而且他的口氣像過度激動，好像怕吳主任不高興似的否認，不可能的用法太過確認，彷彿花子根本不該在那裡。

該與不該的界定是什麼？

「而且那天他沒穿制服喔，你們有注意到嗎？不是他值班，可是他還特地跑來學校，跑去行政大樓外面幫忙？」汪聿芃又在孫警衛跟吳主任中間連線，「而且從對話可以感覺得出他們關係不差，更別說警衛還叫吳主任制止我們。」

「這倒是，這我記得……感覺警衛也視我們為眼中釘。」康晉翊對敵意感受很深，「但這也不能代表孫警衛有問題，而且警衛要認識學校主任不難吧？或許他……而且妳也連太多條了吧！」

「我星期六跑去警衛亭了，我找警衛聊天，問了孫警衛的事，他從那天看見花子上門後就請假了，一口氣請一星期。」汪聿芃清楚的說著，「說想休息，結果在休息時跑到學校來喔？」

「妳還跑去問別的警衛啊……」童胤恒哇了一聲，超級行動派啊！「可是這不能跟你們系主任連在一起，他到校跟他和系主任很好，這是兩碼子……」

「剛剛他們一起走了啊。」汪聿芃輕描淡寫的說著。

康晉翊愣住了，「什麼？有嗎？」

「……我有看見吳主任，我沒看見那個警衛啊！」童胤恒飛快搖頭，他的確看見吳主任在附近，但是沒見著孫警衛。

「他們沒站在一起，警衛在很遠的地方，不過花子一開始尖叫時，吳主任就跑了。」汪聿芃斬釘截鐵，「我親眼看著他跑的，而且他是跑向孫警衛！兩個人再一起轉身！」

四個學生倒抽一口氣，汪聿芃什麼時候看見的？在花子突然出聲又慘叫，全體師生都在尖叫逃竄的時候，她居然還能看見這些！

「我完全沒注意到，我全心全意都在螢幕上……」童胤恒深表佩服，「妳怎麼有辦法分心？」

「我沒有分心，我超專心的耶！」汪聿芃認眞的看著他，「我一開始就是盯著吳主任的。」

原本她還不覺得很過分，但是看見他們可以先借用電影社播電影的布幕，她幾乎就確定一定有後援了！以前在高中時她做過許多統籌，校方只要一句沒問

題，很多事就眞的沒問題！

她太知道這種運作方式了，或許大學比高中自由，但基本原則不會變的！電影社晚上是電影週，不太可能一大早就架設布幕，她以前也處理過類似的東西，那多半都是午後來架設，約三小時可完工，接著再進行試播，時間近傍晚，剛好銜接正式播出。

唬爛她一大早來架？十二點前要，那得幾點來啊？

這一定有師長或校方在挺的，而且吳主任好早就在附近，她也一並觀察著蔡志友的眼神，時不時會往他那邊看去。

「妳一開始就鎖定吳主任了？」童胤恒不可思議，「妳不是不認得他是你們系主任嗎？」

「嗄？吳主任是妳系主任？」康晉翊跟簡子芸異口同聲，「啊妳怎麼都沒說？」

「因爲她不知道。」童胤恒幫忙解釋，「這也合理，我們都新生，也不一定有系主任的課。」

「我有上系主任的課。」汪聿芃直接回答。

這會兒四個人都瞪著她了，「妳有上系主任的課還沒認出他來？」

「他不是重點啊。」汪聿芃還皺起眉，一副他們大驚小怪的模樣，「誰上課在看老師啊。」

呃……是這樣說嗎？大家都會看啊！「好，不管這個，然後妳對妳系主任有什麼看法嗎？」

「沒有，我跟他不熟。」汪聿芃說得自然，「但是我剛剛又跑去警衛亭，他們說吳主任跟孫警衛坐同一班車走了呢！」

「妳剛剛……」簡子芸皺眉，「什麼時候去的？」

「就剛剛。」她不懂哪個字聽不懂。

童胤恒明白她的意思，拍拍簡子芸的肩，「就從草坪回來的路上，她沒跟我們一道記得嗎？」

當然不記得，簡子芸跟康晉翊簡直是百米衝回來的，就爲了快點釐清問題。

「可是……」小蛙越看越不明白，「把目標放在吳主任跟警衛身上也太怪了吧？連不上啊！他們就是討厭我們社團，SO？」

「不會下這麼大的工夫，這是大學，社團自由，學校不喜歡恐懼的散播，可以來溝通。」這點童胤恒是同意汪聿芃的，雖然他們也不一定會理，但會有所節制，「不需要搞這麼大的工程，還叫科學驗證社來砸場，要大家不要相信都市傳

說！」

「有什麼理由，讓他們非得排擠我們不可，而且之前不做，現在卻對花子的傳說這麼感冒。」汪聿芃再把每個主任都跟花子連在一起，「也有點像想轉移焦點，我覺得我們主任知道花子的傳說……警衛也知道。」

「而且他們是恐懼於花子……不！」童胤恒突然覺得哪個環節不對，「他們怕的不是花子，是我們……」

康晉翊瞬間瞪大雙眼，「對，他們怕我們繼續查花子的都市傳說！」

「為什麼？難道學校很久以前就有廁所裡的花子了嗎？」小蛙當下跳起來，「我去找資料，是不是以前廁所裡的花子出現過，發生什麼事他們不想讓學生知道！」

「這個可能性最大，因為只有我們會去找所有花子的相關資料！」簡子芸也立刻跑回椅子邊，把自己的筆電搬出來。

但是童胤恒跟汪聿芃卻仍站在白板前。

他們同時都想到，或許白板上還能再填上一個名字……童胤恒抽起她手上的筆，在上面空白處又畫上一個框，寫下了一個陌生的名字：

朱老師。

「剛剛蔡志友說的，沒聽過的老師。」汪聿芃喃喃說著，「但這個姓有點熟悉。」

他們最近剛認識，而且也在廁所裡的花子事件中的，第一發現者：朱佳月。

「這也不是罕見姓，不必亂猜。」康晉翊拍拍童胤恒，「童子軍，你不是有朋友在科學驗證社嗎？能問嗎？」

「已經問了。」童胤恒眨了眼，這種令人好奇的事哪有不問的道理。

康晉翊端詳著白板，思索著學校以前曾經出過事嗎？絕對不是在夏天學長的「都市傳說社」時期，他們沒有遇過廁所裡的花子。

更早之前，可能出過什麼都市傳說事件，但當年民風保守，更是當作怪力亂神壓下來了。

或許被當成意外處理了，只是有鑑於教務主任的死狀太可怕，當年應該更駭人吧！

簡子芸的手機連續傳來一堆LINE的聲音，她正忙著找學校以前的「花子」傳聞，不耐煩的瞥了一眼就放下。

「誰啊？」康晉翊走回她旁邊隨口問著。

「朱佳月啊，」簡子芸漫不經心的回著，雙手在鍵盤上敲擊，「她在幫我們

找花子資料，說還有別種傳聞，我們社團沒寫的。」

「噢。」康晉翊也坐回桌邊，他決定從吳主任下手。

噢？噢？童胤恒跟汪聿芃立刻對看一眼，飛也似的奔到簡子芸身邊，直接跟她借手機。

「幹、幹嘛？」簡子芸被嚇到了。

這裡沒有人覺得同時出現兩個姓朱的很奇怪嗎？就算是巧合好了，他們還是覺得要多一份心，而且人家都好心傳來社團沒提及的花子傳聞了，這不是現成的資訊還可以省事嗎！

兩個人好奇的滑開手機看著，眼睛越瞪越大。

不約而同回頭看向簡子芸剛剛在白板寫的各式由來，還真的獨缺這一項。

「是什麼？」康晉翊瞧見他們驚訝的臉色。

「我覺得，」童胤恒瞇起雙眼，「先不必找學校發生過類似花子的事件……太慢了！」

「那找什麼？」小蛙正努力呢，抬首困惑。

汪聿芃幽幽回首，「姦殺案。」

第八章

廁所裡的……

深綠色的房車緩緩駛進了加油站旁，孫警衛踩下煞車後，雙手仍緊緊握著方向盤，動也不動。身邊的吳志木也悶聲不吭，就坐在副駕駛位，車內死氣沉沉。

原本他是抱持著愉悅的心情要欣賞都市傳說社的敗落，但當螢幕裡播放出虛弱的女孩回應時，他只覺得全身的血液同時褪去，腦袋一片空白。

「不可能不可能！」吳志木盯著自己的膝蓋，「怎麼會有這種事！」

孫警衛沒回他，只是死死握著方向盤，開始微顫。

「所以那天、那天眞的是她……」他想起第一天下午，那道上鎖的門，「居然是她！」

「不可能！都已經幾年了！」吳志木緊張的大吼，轉身抓住孫警衛的手，「這麼久了，沒道理現在才發生！」

孫警衛驚恐的看著他，皺起的灰白濃眉下是噙淚的雙眼，「我不該，我眞的不應該聽你的，我當時不該這麼做的！」

一步錯，步步錯啊！

「閉嘴！你最好把你的嘴閉緊！」吳志木激動的警告，「當年你選擇閉嘴，現在就不能再開口！」

「……是她對吧？」孫警衛痛苦的哭了起來，「一定是她對吧？你記得嗎？

那是不是她的聲音？」

「怎麼可能認得，女孩子的聲音都一樣！」吳志木痛苦的搥著前頭置物箱，「這一定是科學驗證社跟都市傳說社在搞鬼，不可能有這種事！他們這樣公開播放後，全校反而更相信有都市傳說了！」

「都市……傳說……」孫警衛嚥了口口水，「主任，我親眼看見啊，那天我聽見了，你看看教務主任他——」

「住口！你根本是一見到那間廁間就心裡有鬼了！」吳志木雙手倏地扣住他肩頭搖晃著，「清醒一點，這種事最怕自己嚇自己！」

「吳主任！你是眞的不知道教務主任怎麼死的嗎？」孫警衛根本聲淚俱下，「你明知道，這就跟當年——」

「這是巧合！巧合！你不要神經錯亂了，那些學生在說什麼你忘了嗎？那是都市傳說，都市傳說！」吳志木用滿佈血絲的雙目喊著自相矛盾的話語，「不是什麼、什麼鬼呀亡靈的事！」

「都市傳說……」孫警衛痛苦的緊閉上雙眼，「不是更可怕嗎！你有看過他們社團嗎……不，幾年前的事沒人忘吧，那個男生到現在都還沒回來！」

「夠了！不要再討論這個，我們會自露馬腳的！」吳志木呼吸相當急促，

「冷靜、冷靜……不要被學生的技倆騙了！都市傳說社一直都是麻煩製造者，莫名其妙在學校池塘挖什麼屍體，還有青山路……」

簡直就是懸案發現者……孫警衛在心裡下了註解，難道吳主任不覺得，雖然是都市傳說，但是他們卻切實的挖出失蹤多年的事嗎？

「要不要，跟朱談談？」孫警衛虛弱的說著，「事情不該會變成這樣的，好好的怎麼會發生這種事？」

「朱……那傢伙也眞悠閒，完全都沒在聯繫的，好像都不關他的事。」吳志木痛苦的撫著肚子，「突然回來不知會就算了，還……嗚，你有止痛藥嗎？」

「啊？」孫警衛搖了搖頭，「你要止痛藥幹嘛？」

「我肚子……」吳志木咬著牙，冷汗直飆，「馬的，我太緊張了，深呼吸，冷靜……」

看著他正在說服催眠自己，孫警衛想起了他只要緊張就會拉肚子的習慣，竟一點都沒變，數十年如一日啊。

他越過吳志木，看著加油站裡頭的洗手間，「主任，那邊有廁所，你要不要先去？」

「廁……」吳志木一聽，臉色慘白的回首，「你現在叫我去廁所？」

「你不是肚子痛嗎？而且這裡……」孫警衛皺緊眉心，「不是學校啊！」

是啊，不是學校不是嗎？

他們已開車下山了，離學校至少有半小時的車程，雖然是往比較僻靜的方向走，但至少已經遠離了學校範圍。

本就爲了靜心，並且他們一刻也不想再待在校園裡。

「我……你跟著我去吧！」吳志木突然說著，回頭開始找衛生紙，「你車上連盒衛生紙都沒有啊，加油不是會送嗎？」

「陪……主任，去廁所還得結伴啊？」孫警衛手還沒離開方向盤過，「現在廁所裡都有啦，別翻了！」

「就陪著，至少讓我知道有人在……蔡志友說了，他們都會派人守在門口！」吳志木狀似相當痛苦，「太痛了！你快點陪我過去！」

這口吻逼近命令低吼，孫警衛從小窗往遠處那迷你的廁所看去，就算不是學校，他也、他也心有畏懼啊！

但大家都是一條船上的人……他好不容易才挪開自己手指，從方向盤上移開，舉步維艱的伴著吳志木往廁所去。加油站的洗手間空間都相當狹小，間數更是迷你，兩間而已，開門時還得小心別撞到正準備出來的人。

吳志木看起來眞的很痛苦，一下就衝進了右邊廁間裡解放，孫警衛還是不敢踏進去，他就站在門口等……這景象眞的很奇怪，一般就女生才會這樣等來等去，結伴去洗手間的啊！

他下意識往外站了些，不想完全卡在門口，要不然別人也會覺得他怪怪的吧！瞥了眼男廁，看起來沒有別人在，加油站挺清閒的。

無聊扭開水龍頭洗個手，洗手台設在外頭，兩間廁所中間，這角度只能看見男廁左邊那道門的一小區塊而已。

深褐色的門略鬆，孫警衛站在洗手台前，陷入混亂思考中，進入了無盡後悔。

那件事他後悔了整整三十年啊，原本都快淡忘了，可是現在記憶卻突然清晰湧上，他的良心依然在譴責著他當年做的錯誤決定。

爲什麼？他是爲什麼會選擇這條路——

『叔叔……』

喝！孫警衛抖然一僵，什麼聲音？他驚恐的瞪圓雙眼，眼珠子來回瞟著，卻不敢亂看，爲什麼有小女孩的聲音？

緩緩的往左邊男廁門看去，那左邊的門竟緩緩的往外推開了，咿……咿……

明顯的有隻小小的手抵著門緣，正輕巧的推開門。

孫警衛傻了，他不敢往前，就算因此可以看得更清楚也不敢……

『叔叔……』那聲音清楚的傳進耳裡，『你為什麼不幫幫我……』

門推得更開了，孫警衛幾乎可以看見有隻腳從裡面走出了——不！他嚇得扭頭就跑，他這是疑心生暗鬼嗎？剛剛那廁所裡不可能會出現什麼女孩子，更別說那是男廁啊！

他恐懼到甚至奔回車子的途中摔了一大跤，加由站員工嚇得跑出來想攙扶，但見他臉色慌張立刻跳起，直接衝進了車子裡，喀噠的鎖上車門。

雙手擱在方向盤上，捏了個死緊。

「沒有沒有，一切都是錯覺……」他瞪著方向盤，淚水不自主的滑下，「我不是不幫妳，我不敢……我不……我不敢啊！」

頭髮花白、年逾五十的男人痛哭失聲的伏在方向盤上，渾身不住的顫抖……對不起，叔叔錯了，但是若重新再來一次，叔叔只怕會走上一樣的路啊！

他是不是應該去自首？向警方說明一切？再這樣下去，他會瘋掉的！精神只怕會錯亂，再也不敢上廁所怎麼辦？

握著方向盤的手指緊到泛白，他痛苦的抬首……他的良心根本過不去吧，這裡又不是學校，他卻有了幻覺。

那個聲音跟叫法……就是她沒有錯啊！

「孫警衛！」

在廁所裡的吳志木聽見外面的騷動，好奇的喚著，怎麼好像覺得外面有人在喊跌倒了還是怎麼了？而且一直沒有聽見老孫的聲音了。

「老孫！」吳志木再喊了一次，但似乎只聽見自己的迴音，「喂，孫大寶！」這會兒扯開嗓子喊了，但依然沒得到回應！嘖！吳志木意識到孫警衛可能根本已經落跑，完全沒在外頭陪他啊！

等等，這樣洗手間裡不就只有他一個人了嗎！該死的老孫，居然膽子這麼小、還把他扔在這裡！

「可惡！這沒用的混帳，就這種模樣才一輩子幹警衛！」吳志木氣急敗壞急著要拭淨離開，出去一定要找他算帳。

眼前的免費衛生紙用起來沒在心疼的，唰啦啦一次拉一長串，吳志木才拉上內褲，一滴怵目驚心的紅卻直直落在他面前那雪白的捲筒衛生紙上。

衛生紙沒有上蓋，白淨的在他的右前方，那一滴紅自上方落下後，瞬間在衛生紙上渲染開來，一如水墨畫般，向外層層遞出美豔的紅色。

彎身的吳志木僵著身子，看著那暈開的紅，還沒來得及反應，啪噠又一滴。這會兒，至少在他眼前的捲筒衛生紙最上層的平面，已經全染成了淡紅色……吳志木戰戰兢兢的抬起頭，他知道紅色自上面滴落，也知道不該抬頭往上看，但他就是無法克制自己不這樣做。

在與隔壁廁間的夾板上方，血淋淋的小手正攀著上緣，半顆鮮紅欲滴的頭就懸在那兒，圓睜著眼往下看。

啪噠，血是從她額上頭上或是手上……也可能是裂開的臉上滴落的，她全身盡是傷口，鮮血如注。

吳志木與之四目相交。

有幾秒的時間，他試圖告訴自己這是幻覺，再多幾秒的時間，他竟想辨認出她是誰。

在最末幾秒的時間，那女孩對他笑了。

『老師……你記得我嗎？』

「哇啊——哇——」吳志木拔起身子大叫著，立刻扳開門子要衝出去。

可是他忘記了，他的褲子還沒穿上呢，被自己絆了一大跤，狼狽的撞開門，摔出一階的階梯外，重重跌落骯髒的地面。

「啊……」撞擊讓他咬破了嘴唇，牙齒竟也斷裂，「嗚……老……老孫！」一瞬間滿口都是血的味道，他視線模糊，才發現眼鏡也跟著斷裂飛出去一公尺外的地方，他人趴在地上，下半身可還在廁間裡形成一種足高頭低的滑稽畫面。

吳志木焦急忙慌的要撐起身子，此時雙腳踝卻一陣冰冷，有雙手握住了他的腳踝。

那手很小，他可以感受得到那是孩子的手，冰冷異常，還沾著黏滑的液體，卻能圈著他腳踝死緊。

即使他知道，他剛剛才跌出的廁間裡，根本不可能有別人存在。

「啊啊……我錯了！對不起！」吳志木驀地大吼，雙手匍匐前進，「妳放過我吧，對不起對不起！」

那手輕鬆一拉，就把吳志木整個身體往後扯，一寸一寸的拉進廁間裡，無論他再怎麼拼命往前爬，都無法抵抗那股力量！

「不要！老孫！老孫——妳放過我吧！我會去自首！」吳志木彎曲十指，用指甲拼命的抓著瓷磚地，「爲什麼會有這種!?爲什麼現在才出現!?哇——哇救命!救命啊——」

吳志木扯開嗓子大喊著，外頭總有別人會聽見吧，救救他，拜託一定要——啊啊，他發現自己的雙手在階梯上了，一眨眼門竟砰的關上。

『老師，打不開……』森幽的聲音在他身後的角落傳來，『我不想打開……』

吳志木狼狽不堪的跪趴在裡頭，他不敢回頭，腦子裡拼命想著不可能不可能，顫抖著手去推著根本沒上鎖的門……打不開。

『打不開。』那聲音好清楚，幾乎就在他後腦杓了。

「放……放過我……」吳志木發著抖，「我會去自首的，我會——」

一股力道突然拉住他的頭髮，向後一扯，緊接著狠狠的拿他的前額往骯髒汙穢的蹲式馬桶便盆上砸下去!

「哇——」劇痛襲來，一陣天旋地轉，吳志木眼前一片黑，痛得喊不出聲。

『說謊，怎麼可以騙人呢!』

啊……啊……吳志木蜷在裡頭，感受到熱流從額上流下，他受傷了……微睜開雙眼，看見的是一雙染血的雙腳。

『你明明很開心的。』身體緩緩蹲下，漸漸進入眼簾的是體無完膚的身軀。

小腿、大腿，都被切開，肌肉外翻得不忍卒睹，好多塊肉都掛在外頭，傷口深可見骨但並沒有整塊削掉，形成了彷彿肉攤上的畫面。

他……認得這個身體，認得那張臉，甚至認得只有左腳有穿鞋的那雙小腳，以及那紊亂不整的裙子。

「不……不可能……」他還在喃喃唸著，「妳已經……」

全是割傷的小手驀地抓起他的衣領，那力道絕非凡人，吳志木只感到自己被扯起，緊接著就狠狠往便盆裡敲。

『說喜歡，喜歡啊，你應該很喜歡的！』女孩用淺淺的笑容說著，那雙白到發亮的眼睛看著吳志木，讀不出情感。

吳志木說不出話，他只知道自己的頭顱如今像脆弱的雞蛋，被一而再再而三的砸上瓷便盆，在剛剛發出裂縫聲時，他甚至不知道是自己的頭還是便盆——啊！

熱流從頭顱裡流出，他知道是什麼了……

『不要，花子說不要了！』女孩驀地將吳志木甩到一旁，他頹軟著身子，頭痛欲裂……不，已裂。

他從來不知道廁間裡這麼大，也不知自己可以塞在這裡，便盆前頭已經裂開，上頭染滿的是他的鮮血。

他……快死了嗎？這應該是一場夢，事情已經過了三十年啊！

女孩拔起了一塊裂塊，幽幽的轉向他，那張被一樣的破片割開的臉，他當年甚至沒有細看。

『老師，要說你喜歡喔！』女孩揚起了笑容，瞇起了那燦白的雙眼。

仔細看進她發亮發白的雙眸，她的瞳仁似乎是朵花形……女孩手上握著便盆碎片，直接朝他的大腿剜了下去。

「哇啊——哇啊——」吳志木瞬間清醒似的。

低首看著一條血痕的大腿，女孩困惑的歪著頭，再看向自己半塊肉懸在外頭的模樣，還沒有一樣呢！

『要說喜歡喔！』她微笑著，再動手從同一個傷口鏟下去。

「哇——哇——」

孫警衛打了個寒顫，爲什麼還沒出來？

雙手依然緊扣著方向盤，向左看著遠方的洗手間，吳主任也去太久了，爲什

麼至今還沒離開？就算拉肚子也該拉完了吧，這麼長時間是想把腸子一起拉掉嗎？

太久了，看著副駕駛座的手機，連手機也沒帶走，但是要他、要他再去廁所再看一次，辦不到！

啊！孫警衛留意到兩個加油的車道外有車子加完油後，停在前方後駕駛下了車，看樣子是要去洗手間。

他全身都被冷汗浸濕，緊張的抹去滴落在睫毛上的淚水，沒事的，吳主任只是肚子疼了些，一定不會有事的。

年輕的男人在洗手台前停下，對著鏡子撥弄了一下上髮蠟的頭髮後，走進了洗手間裡。

呼，孫警衛痛苦的閉上眼，他就知道沒事的，沒……

「哇啊——哇——」驚恐的尖叫聲從洗手間傳來，剛進去的男人連滾帶爬的衝出來，「報警——快點報警！」

加油站員工焦急的衝過去大吼，「怎麼!?」

「裡面有人死了！全都是血！快點！」加油站員工趕緊報警，而靠近孫警衛這邊加油的員工立刻回頭看向他。

他們知道，在洗手間那個人，是坐著他這台車來的。

「先生！」一個男孩走向他，「你朋友出事了！」

他揮著手，孫警衛的雙手劇烈顫抖，出事了出事了……這裡不是學校，是加油站的廁所啊！

她來了嗎？廁所裡的花子追過來了！

不不！不關他的事對吧，冤枉！她誤會了！

「啊啊啊啊！」孫警衛哭喊了起來，滿臉是淚的直接轉動鑰匙，發動引擎！

他必須離開這裡，如果待下去的話……他會死的，花子不會放過他的！

都市傳說，怎會放過誰啊！

「先生？先生——」員工趕緊小跑步，「你朋友……」

啪，員工才拍到他的車子橫尾，孫警衛卻踩了油門往前衝，人不是他殺的！

他才不想待在這裡……咦？他應該要打左離開加油站，但僵硬的手卻不聽使喚，朝右打了一個大弧度。

「哇啊啊！」外面的人嚇得魂飛魄散，那個腿軟的命案發現者兩眼發直的就在他車前！

「小心！」有員工眼明手快的趕緊把那男人拖離，只差幾寸他的車就要碾過

目擊者了！

車子直衝而去，就是筆直的衝向了……洗手間。

「不不不——」孫警衛踩下煞車，但爲時已晚。

砰——轎車直接衝進了加油站的廁所，孫警衛什麼印象都沒有，只看見白色的安全氣囊炸開，他便一陣天旋地轉！

「天哪！撞進去了！」

「人有沒有事！?滅火器！滅火器！」

外頭兵荒馬亂、人聲嘈雜，孫警衛只覺得好痛，臉痛胸口也痛，撞擊力道加上安全氣囊，讓他覺得難以呼吸。

昏昏沉沉的睜眼，他可以感受到劇痛，他受傷了，還有……擋風玻璃也裂開，前頭一片煙塵，磚塊、玻璃碎片到處都是，他是撞進了哪裡？

勉強向後仰，顫著手壓下膨脹的安全氣囊，才能勉強看見眼前的混亂，還有一道水柱正在外頭噴，看來他撞斷了管線，那是……洗手台嗎？還有掉在他引擎蓋上的門板？

孫警衛的視線漸漸清明，看見兩間比鄰的廁間，左邊那扇的門板就落在他的引擎蓋上，右邊那扇是半開掩著，裡頭的牆面……鮮紅一片。

像是有人拿拖把沾上鮮紅顏料，硬是抹在上頭般的道道血紅。

然後是下面那坨鮮紅色的……什麼？孫警衛瞇起眼，試圖看清楚那團是什麼東西，他的眼鏡呢？裂開的鏡片讓他瞧不清楚，好不容易才勉強的分辨出那像是——吳主任？

在便盆裡的那顆頭，是、是——

匡鏘——一雙手驀地穿破了孫警衛左手邊的玻璃窗，嚇得他失聲驚叫抱頭意圖往旁邊壓低身子。

「哇啊——」玻璃碎片朝裡頭迸射而入，穿破玻璃窗的小手倏地扣住了他。

不，嚴格說起來是環住了他。

環住了他雙手抱住的頭，小小但滿佈傷口的手，一左一右的，圈住了他的雙手他的頭，然後把他輕柔的往窗邊這兒扳了回來。

「啊……啊……」孫警衛刷白了臉色，全身嚴重發抖，望著碎裂的擋風玻璃，還有上頭那已經因撞擊而偏移的後照鏡。

鏡子裡有他，還有一個頭顱破裂的小小頭顱。

「嗚……」他閉起雙眼痛哭失聲，感受到那雙小手緊緊環住他的頭，然後一陣冰冷貼上了他的側邊。

鮮血大量的滴落，滴答滴答的從因溼黏而相貼的髮下滴落，女孩的臉頰親暱的貼著他的臉。

『叔叔……你爲什麼不幫我呢？』虛弱痛苦的聲音眞的是貼耳傳來，因爲她就貼著他的頰畔啊，『叔叔，我好痛啊——』

啊啊啊——無聲的吶喊來自於孫警衛的心中，但是他不敢喊出來啊！

『救我……爲什麼不救我呀——』

啊啊啊啊——

章警官好不容易結束上個會議，立刻就有人通報A大學生來找，他緩步走到會客室外，從那小小的玻璃窗往裡望……唉，眞有種既視感。

沒幾年前，也常有這種情況。

「都市傳說社」五個人在裡頭或坐或站，焦急緊張。

他們這次簡直是能動用的資源全動了，結果找到了令人驚奇的資料，而且環環相扣。

康晉翊決定從教務主任下手，去找找他跟吳主任或是孫警衛之間有什麼共同

點。童胤恒則與科學驗證社的同學聯繫，想確認他們口中提起的朱老師是誰，不過這條線索斷掉，因爲只有電話，沒有信件或是LINE，連電話都是從教務主任辦公室打的。

小蛙跑去圖書館找報導，雖然認識不深，但童胤恒發現他平常上課都沒這麼認眞。在網路上能找到教務主任的資料表示年資已深，所以簡子芸覺得校刊說不定會有點資訊，再看看教務主任之前是任職哪個系的，去該系找系刊物也會有用。

所以，童胤恒就想到了校刊社同學，于欣。

資料龐大，大家分工合作，唯汪聿芃有點難交辦事項，她有自己的頻率與步調，往往簡子芸要她查哪個年代的資訊，她點點頭然後就走出了社辦……一個上午就讓簡子芸發了兩次脾氣，還衝著她大吼。

結果汪聿芃還很認眞的問她爲什麼生氣。

她又直接去警衛亭聊天了，問著孫警衛的年資，在這邊是不是很久了等等，結果還眞的讓她八卦到其他消息，倒不是關於孫警衛，而是關於他們在找的案子。

三十年前的案子太久了，但對於住在這地帶的人來說都是回憶，尤其是曾在旁邊那青山小學唸書的人。

三十年前有個女學生陳屍在當年還是A專的廁所裡，死狀甚慘，當時人口本來就少，學校又在山上，加上女孩遇害是在假日，所以隔了一天才被發現。有人說她被分屍，有人說她被亂刀砍死，眾說紛紜，唯一可以確認的是體無完膚。

還有，她被塞在蹲式馬桶便盆裡。

康晉翊立刻說什麼都先別查了，他們直接跑來找那個客氣的章警官這兒，凶殺案找警察準沒錯。

「你們啊……」章警官一開門，就盡顯無奈，「這裡是警局，你們是……」

「章警官！」康晉翊等人根本沒在聽他說話，全部蜂擁而上，「我們想請問三十年前的廁所藏屍案！」

「我這兒不是孤狗中心，你們跑來說要問事情我就能立即解答的。」在學生再開口前，章警官立刻示意他們不要插嘴，「還有，我不是都市傳說社的顧問，警察很忙的，一堆案子要處理要偵查，你們不能想來就來、想問就問啊！」

這會兒大家總算懂得章警官的意思了，氣氛頓時變得尷尬，大家只是急著想知道事情而已，眞的沒想這麼多，也的確太不懂事了。

「對不起，我們只是……」簡子芸趕緊道歉，「不曉得章警官知道影片的事

嗎？我們覺得廁所裡的花子好像跟以前曾發生的命案有關係……」

汪聿芃視線落在章警官的右手上，他是拿著一份看上去陳舊的卷宗出來的。

「章警官已經找到了吧？」她開心的笑了起來，「警察的直覺比我們敏銳，資料庫也更齊全，說不定早就知道關鍵了厚？」

章警官越過幾個人看向汪聿芃，就見她一臉神彩煥發，只比當年差個兩三歲，實在沒什麼變化，一樣的不對頻，卻也一樣的心細。

「我只是從死者去調查而已——」康晉翊等人一聽即刻雙眼一亮，「等等，該說的規矩還是要說，以後不能再這樣說來就來。」

「沒問題，您建立什麼機制，我們就遵循！」康晉翊靈巧回應，「就跟……以前一樣。」

「以前？哈哈哈。」章警官忍不住笑了起來，「你們還眞的希望常常來我這裡嗎？」

呃……小蛙錯愕的轉著眼珠子，這樣子聽起來好像也不太好厚？常來找章警官，不就代表……會很常遇到都市傳說？

「所以警官已經知道什麼事了嗎？」童胤恒根本心癢難耐，他好想知道啊！

「你們要知道事隔三十年，那是個科技不發達的年代，也沒有什麼監視器，所以這件案子也是懸案，甚至早過了追訴期了。」章警官嘆口氣，爲小生命感到不值，「青山小學有個女孩陳屍在你們說發現花子的獨立廁所，不過當年更加簡陋，現在都已經重建過了！她生前慘遭折磨，全身骨頭盡斷，滿牆都是血跡，推測是被推甩去撞牆、撞擊便盆造成的傷勢，因爲廁間裡都有她的組織跟腦漿之類的東西。」

簡子芸皺起眉，用聽的就覺得噁心。

「那……她有被性侵害嗎？」康晉翊在意的是這個點，與花子的傳說一樣。

章警官很無奈，但還是點點頭，「應該是有，但是因爲屍體損壞嚴重，又隔了兩天才被發現，更別說泡在污水裡……什麼證據都沒有了。」

「馬的是哪種變態啊!?那個女生幾歲？」小蛙覺得強姦犯都是混帳。

「十歲而已，只是個孩子啊……她似乎是遇上了變態，因爲沒有人會跟一個小女孩有這麼大的仇恨，下這麼凶狠的手。」

「分屍的傳言呢？」汪聿芃沒忘記那天晚上在男廁所見的滿室鮮血。

「她撞破了便盆……或者是說有人推她去撞擊，便盆裂開的瞬間撞擊力，就足以切開她的肌膚了。」章警官皺起眉，「十歲才多大？小小的身體，體無完膚，被割得四分五裂。」

「要撞破便盆沒這麼容易吧，得要多大的氣力！」童胤恒想像著那力道，「不是推而已，會不會是抓著她到處摔？」

所有人紛紛回首，「抓？」

章警官倒是劃上了讚許的微笑，「這倒跟驗屍報告符合，死者腳踝上有瘀痕，確認生前有被束縛的痕跡，只可惜不是手印，所以不能確認。」

「用繩子就更方便了啊，直接用甩的，不管要撞壁撞牆或是撞便盆都沒問題！」童胤恒認眞思考著，「繩子夠長的話……」

「喂喂！」簡子芸忍不住打斷，「你們是在說一個小女孩耶！這麼大費周章的殺無辜的小女生？」

「無不無辜，不是我們說了算。」汪聿芃驀地語出驚人，「對下手的人而言，他才不管這些呢！」

要不然，哪會這麼殘忍的殺掉那個女孩？

而且這是姦殺，怎麼想都是變態才幹得出來的事。

「所以，爲什麼教務主任跟這件事有關聯嗎？」汪聿芃緊繃著身子，「難道當年……」

「這是懸案。」童胤恒提醒著，既是懸案，就表示沒抓到凶手。

「可是章警官是從教務主任查到這件事的啊！」汪聿芃噘起嘴，沒定罪也不代表就無罪吧！

「這樣設想也是合理，但很遺憾當初他只是嫌疑犯，因爲有幾位老師那天比較晚離開學校，才被約談。」章警官瞄向康晉翊，「我相信校刊可能會更清楚……如果你們找得到的話！」

校刊？童胤恒立刻抖擻精神，他可是有校刊社的同學啊！

「教務主任當時有牽扯進案子裡？」簡子芸即刻趨前，「那吳主任跟孫警衛呢？」

章警官蹙眉，「誰？」

「吳志木與孫大寶。」童胤恒趕緊清楚的重複，「章警官對這兩個名字有印象嗎？」

章警官略瞪圓了眼，帶了些不可思議——他有印象，汪聿芃雙眼熠熠有光的看著章警官，他是驚訝的。

「果然有關！」她逕自下了結論，「所以當年——」

餘音未落，外頭傳來急促的腳步聲，緊接著衝進來的員警：「報告！章警官！」

這般緊急，章警官即刻回身，「怎麼了？」

「在往K市的加油站裡發生命案及車禍，情況相當嚴重！」員警瞥了他們一眼，有點不明所以，「有跟A大案件一樣的屍體。」

什麼!?這瞬間，五個人的眼睛都更亮了。

不必回頭，章警官都覺得這裡增加了五十燭光的亮度……唉。

「所以是死亡車禍？」他往外走出去，揮著右手表示你們可以走了。

「不是，是加油站有命案，另一台房車衝撞進廁所後重傷。」員警緊張的交代著，「章警官，死者全身綻裂的被塞在便盆裡，行凶手法跟之前A大的案子很像啊！」

咦咦！五個學生全擠在會客室門口偷聽，真希望章警官可以走慢一點啊啊！

章警官果然止步，「被塞在……便盆裡？」這有點難以想像啊！

「是，而且也是A大的老師。」員警也覺得發毛，他們都知道廁所裡的花子的事件了，「是數學系的系主任，吳志木，另外駕車衝撞洗手間的則是該校的警衛……」

天哪！學生們背脊發涼，吳主任跟孫警衛出事了！

「請問——」汪聿芃突然衝了出去，「孫警衛也出事了嗎？」

「嗄?」員警狐疑的看著她,「這是……」

「駕駛怎麼了?」章警官示意不要理她,但他還是問了。

「駕駛重傷,現在已經送往就近的醫院!」員警皺著眉,「章警官,現場聽說很離奇,那個……您知道網路現在正在盛傳一個都市傳說……」

「廁所裡的花子,我知道。」章警官接得順暢,「那幾位就是都市傳說社的學生。」

咦?員警傻愣愣的看著從會客室裡衝出來的學生,一面說抱歉一面說謝謝,腳步輕快得令人錯愕。

在醫院!附近的醫院還有哪所啦!康晉翊率先衝出去,人人一台機車先過去再說。

「聽到了嗎?吳主任在加油站的廁所裡!」康晉翊激動得發抖,「廁所果然是互通的!」

「這超可怕的好嗎!那以後我們到哪裡上廁所都要提心吊膽了!」小蛙戴上安全帽,「他也喊了花子嗎?」

「哪需要喊,所有事都是息息相關的!」簡子芸發動引擎,「先去看孫警衛,然後回去之後專心研究那件案子……走囉!」

她比誰都快衝出去，一排機車彎出了警局。

汪聿芃讓童胤恒載送，她誠實的表示她騎機車有風險，能不騎就不騎，童胤恒也深表同意。

「三十年前那場案子，主任跟孫警衛是不是都有涉入？」童胤恒沉重的喃喃自語，「可是我不懂的是，爲什麼三十年後才展開報復？」

「你這樣說好像廁所裡的花子是鬼一樣，但她應該是都市傳說吧！」汪聿芃很是困惑，「不管是什麼，但這件事卻經過三十年才發酵，一定有什麼契機。」

她扣好安全帽，永遠的不急不徐，就算童胤恒很想發動引擎衝出去，也不能貿進。章警官緩步走出，他正要趕去命案現場。

「啊！章警官！」汪聿芃朝著他揮手，「我可以請教那小女孩的姓名嗎？」

章警官想了想，這倒是無傷大雅的問題。

「李雪花。」

李雪花，坐在機車上的兩個人頓時僵住。

雪花，還眞的是花子啊！

第九章
第四個人

大家趕去醫院時已經來不及了，孫警衛被送進去急救，不過童胤恒聽見醫院對警方敘述他的狀況，傷勢不重，但是精神很不穩定，一路都在恐慌吶喊。

至於叫喊什麼，在急診室外頭的人都聽得見，那種歇斯底里到發抖的呼救聲。

「是我的錯！我錯了！我不該貪的！」中間會伴隨著換不過氣的喘息，「我不該拿錢的，我還、我會還回去——走開！我不是故意的，放過我啊！」

儘管瘋狂、儘管有些語無倫次，但是對於都市傳說社的學生們每個都聽得懂。

他口中拜託的人，是花子吧？是三十年前那個李雪花。

『……加油站員工指出，數學系系主任進入廁所後就沒有再出來，而隨行友人也就是孫姓警衛，曾慌亂的自廁所奔出回到車上，甚至慌張到在中途跌倒，加油站員工還一度想去攙扶，但孫姓警衛很快爬起，逕自回到車內。』

『警方目前排除孫姓警衛涉案，因為主任死狀甚慘，凶嫌身上不可能未沾血，而且若行凶後應是加速逃逸，而非回到車內，彷彿繼續等待死者，不合常理。』

『死者為A大數學系系主任吳志木，這是A大學一個星期以來第二件校內人士發生命案，或許不在校園內發生，但卻同樣是師長出事，加之以網路傳聞甚囂

塵上，有人指稱都市傳說社社團認定校園的廁所存在『花子』這個都市傳說，也就是說，被害者極有可能是都市傳說殺害。』

『聽起來相當匪夷所思，但提起A大的都市傳說社想必大家並不陌生，早在數年前……』

康晉翊在滑鼠右鍵點了一下，關掉了新聞。

窄小的「都市傳說社」社辦，今天人數比平常多，除了他們五個忠實社員外，兩三隻小貓也過來湊熱鬧，康晉翊自然歡迎社員回歸，不過他們幫的忙有限。後來看熱鬧的實在太多，社辦塞不下，簡子芸便請大家離開，關上了社辦大門。

而童胤恒的兩個同學就不一樣了，科學驗證社的陳偉倫跑來詳述他們社團這兩天的低迷狀況，已經證實了是教務主任跟蔡志友聯繫的，若不是學校挺他們，蔡志友說過根本不想跟「都市傳說社」尬。

「大家都是社團，有什麼好尬的！」陳偉倫很是無奈，「我們社長心情超不好的，整個社團士氣都很低落，大家本來就說要互相尊重，結果這一鬧，現在一堆人都到我們粉專上去鬧。」

「酸民文化不意外，他們希望看見你們向我們下跪道歉順便切腹自殺才開心吧。」汪聿芃說得流暢不必換氣，「認眞就輸了，我是不怎麼在意啦！」

簡子芸瞄了她一眼，忍不住扁了嘴，「我沒有汪聿芃這麼寬宏大量。」

呃……這下陳偉倫可尷尬了，他求救似的看向童胤恒，他們副社怎麼這麼嗆啦！

「你們現在受不了酸民在粉專的攻擊，但你們驗證的過程中，對我們也是一樣的態度啊。」康晉翊瞭解簡子芸的心態，「你們就當笑話在看，這跟學校有沒有挺是兩碼子事，科學驗證社的人本來就對我們有意見——這跟我們對你們凡事只講科學也不認同是一樣的。」

只是各有意見是一回事，嘲諷又是另一碼事了。

「陳偉倫沒有這樣……」童胤恒語調帶著點不悅，「把壓力施加在他身上不太公平，況且他會到我們社團來，也是你們希望知道訊息，這樣不是待客之道吧？」

明明是社長說想知道科學驗證社背後是誰在挺，所以他才問陳偉倫的，結果人家帶消息過來，還要被數落，這未免太不厚道。

童子軍這綽號不是因為他姓童才被取的，而是他本來就是童子軍性格的人。

陳偉倫突然覺得有同學挺眞好，但他眞的是蠻想離開了，眞的有種幫忙還被

數落的感覺，挺不好的。

「哎唷，好啦好啦！大家吵什麼！」小蛙最討厭這種氛圍了，「大家說得都有理，就和平一點嘛！既然都知道只是立場不同，也只是學校社團，不要搞得這麼僵！」

坐在沙發上的汪聿芃看著窄小空間裡的緊繃氣氛，很無奈的扯扯嘴角，視線重新回到電腦上，她覺得這種事好無聊喔，這跟花子一點關係都沒有啊，為什麼要浪費時間？

童胤恒拉著陳偉倫到靠門口的地方去，對於社長的態度他並不能接受。

康晉翊略蹙眉，他也知道自己情緒不對，回頭瞥了簡子芸一眼，就是一股怒火沒處發才找陳偉倫開刀，她也承認，根本沒顧慮到太多，是他們不好……只是現在童胤恒完全不想理會他們，要道歉的話反而說不出口。

站在中間的小蛙直接在那邊，「哎喲喂呀，都什麼時候了為什麼突然吵起架來？剛剛大家還討論得很融洽啊！」

回身朝沙發上的人求救，結果汪聿芃完全不在意。

「嘖嘖，可讓我們找到了！」她隔壁的紅髮女孩揚起笑容，「說好要請吃飯的喔！」

「找到了嗎？」童胤恒倏地回身走到沙發前。

動員了校刊社這位同學協助，這件事大家都超有興趣的，先不論廁所裡的花子這個都市傳說，光是兩個主任接續慘死，竟跟三十年前不見光的案子有關，就夠他們好奇了。

「等我一下，他們還在傳照片。舊校刊不能帶出來的知道吧！」于欣挑了眉，看向右邊緊張走來的康晉翊及簡子芸，「我來幫忙的，校刊社可沒跟你們槓上喔！」

哎，康晉翊難受的嘆氣，「好啦！眞的對不起！你們也知道那幾天我被科學驗證社壓得喘不過氣，他們時不時嘲弄諷刺，有幾個社員更當面數落，我就忍太久才受不了。」

「遷怒不應該，但眞的不是聖人，就是……明知道這不對但情緒上眞的忍不住。」簡子芸轉向陳偉倫，「陳偉倫，對不起，我們不是故意針對你的！」

這一道歉反而讓陳偉倫有點不知如何是好，童胤恒瞟向了兩隻腳都翹在他們茶几上的于欣，她故意把話挑明了說，也不讓康晉翊他們敷衍過去就是了。

「別……啦！」陳偉倫尷不已，「沒事沒事了，于欣，妳很煩耶，校刊社不是找到了？」

話題不要聚焦在他身上啦。

「嗯哼。」于欣鼻孔哼氣，抱著筆電開始下載圖片，「三十年前的確出過事，校刊主要是叫大家要留心人身安全，放學後快點回家，不要跟陌生人說話……然後是關於警方調查廁所命案，證實附近有變態，要求大家看到要記得檢舉，還有結伴而行。」

「教務主任的嫌疑呢？」汪聿芃只在意這個。

「等等嘛，這麼急。」于欣轉過去看向她，事情要循序漸進啊！「事發當天，校內有數名老師因認眞負責，留校較晚而遭到警方詢問並非涉案，老師們也配合警方交代行蹤，很遺憾事情發生時老師都沒在旁邊，但我們也感謝老師做了最佳示範，配合警方調查。」

汪聿芃已經快貼上螢幕了，怎麼還沒聽到關鍵呢？于欣厭惡的把她推開，這女生是怎樣啦！

「生物科張文宏老師、數學科的吳志木老師，都已經回到正常工作崗位上，也期待警方能早日破案。」于欣繼續說著，「而當日值班的警衛也證實了命案發生時，他們正在巡邏校園，人數不多分身乏術，這恐怕是安全的死角。」

「當日值班的警衛該不會就是孫警衛吧？」簡子芸立即拿起小小本子速記，

「所有人都是在一起的，教務主任、吳主任、孫警衛還有……咦？」

少一個？朱老師呢？

「朱老師，青山小學的老師表示痛心……」汪聿芃盯著于欣的電腦螢幕，「是死者的導師！」

她飛快的在鍵盤上搜尋，「朱邦易……啊。」

她雙眼一亮，其他人也同步用筆電或是手機搜索著，第一道頁面就是A大，歷史系，朱邦易。

「他是當年死者的老師耶，所以是小學老師！現在在我們學校，可是這個老師從頭到尾都沒出現……科學驗證社？」汪聿芃抬頭問著，陳偉倫搖搖頭。

「不能確定，只知道有位姓朱的老師打來，社長說就教務主任跟吳主任出面而已。」陳偉倫立即回覆，「而且他是歷史系的，十萬八千里耶！」

「我那個數學系的都管了。」汪聿芃不認爲跟系別有關，她已經點進歷史系頁面了，「哇，之前在K大任教耶，從小學到大學很強耶，K大排名不是比我們高嗎？」

「喔喔，他是新老師喔！」小蛙從另一個方向查，滑鼠滾輪噠噠作響，「欸，這學期才調到我們學校的，歷史系討論區之前選課時大家都在問這是誰，

說是新老師！」

「新老師？」康晉翊思考各種可能，「會不會是巧合同名同姓？不然他才新來，應該不太可能跟之前有關係？」

「他可以離開再回來啊！名字是很普遍，但姓氏一點都不平常。」童胤恒再問向小蛙，「看得到年次嗎？」

小蛙搖搖頭，一般系所資料裡是沒有這麼詳盡的。

「只有簡歷，之前在K大，再之前在H大，他的資歷蠻豐富的，而且都在很好的學校，突然調到我們學校也眞怪……」小蛙打字飛快，「欸，他上學期還在K大耶，好像走得很突然……相當受好評喔，學生都很捨不得這麼好的老師離開，一片震驚，老師也說是臨時調動。」

汪聿芃也已經來到歷史系的頁面，因爲是新老師，所以還未有他的照片，方框處一片空白。

「請調有這麼快嗎？」汪聿芃瞪著螢幕分析，「一般請調也要這裡有缺吧？我不知道歷史系有無空缺，但是一個學期、或一個暑假能說調就調，還立刻有位子，未免也太順利了。」

康晉翊略微抬首，沉吟輕哂，「凡事有關係就沒問題，如果你朋友是教務主任的話——」

「光是教務主任一個人就夠了，只要去跟歷史系打聲招呼，再加上數學系的系主任……就算沒有關聯，但好歹都是系主任，只要去拜託一下……」簡子芸聳個肩，「學校不在意多個老師。多增加老師，也只是減少其他老師的課程罷了，根本無關緊要。」

「這人脈太強大了，所以他想調就能火速調來——」童胤恒個人不太喜歡這種走後門的行爲，但他知道社會運作便是如此，「問題是，誰會想從K大調過來？」

場面話可以說得很漂亮！學習在個人，但校排名就是有差，K大是知名大學，校排名最少在他們前面十名，遠遠把A大拋在後頭的，哪有人會往較後面的大學調咧？

「所以有人認識朱佳月的爸爸嗎？」汪聿芃莫名其妙的扔出這個問題。

全社辦的人都往她那兒看去，「嗄？」

這關朱佳月什麼事？陳偉倫根本還得想一下這是誰咧！

簡子芸趕緊解釋是第一個遇上廁所裡的花子的目擊者，是隔壁的隔壁的演辯社的學生。

「喂，不是姓朱都要湊在一起。」

汪聿芃聳個肩，「我也不知道，是學長說不能相信巧合的嘛。」

大家才在那邊唉唷，簡子芸的LINE就響了，她瞥了眼轉著眼珠子，有趣又訝異的看著大家：「是曹操。」

「咦？朱佳月嗎？」康晉翊也覺得有趣。

「對耶，眞是說曹操曹操就到！」簡子芸歪頭，「不過她寫的我看不懂，她說……報告資料在她那邊，要拿過來給我。」

誰跟她同班同學啊？就算社團也不同啊。

「傳錯了吧！」小蛙不在意的說著，「回她一下，免得她不知道。」

簡子芸趕緊回訊給朱佳月，康晉翊跑到白板那邊去塡寫新資料，例如在吳主任上面畫個紅叉，然後把關係都連上，再塡上朱老師的名字……寫完他退後一步望著白板，忍不住回頭瞧了汪聿芃幾次。

「怎麼了嗎？」童胤恒覺得頻頻回頭的康晉翊很怪。

「汪聿芃是不是早就覺得這樣了？」他指向白板，「我們之前寫白板時，妳好像……」

汪聿芃聽見自己的名字，抬頭往右轉去，看著社辦最裡頭的白板，略歪斜著頭，「嗯啊，對，這跟我之前想的一模一樣。」

一邊說，她還站起身再往白板走去，拿起另一支藍色的筆，在空白處填上「朱佳月」及「李雪花」的名字。

「爲什麼妳這麼執著於朱佳月？」康晉翊不解的問。

「因爲她是第一個發現者。」汪聿芃盯著白板，「我們不是在找花子出現的契機嗎？」

童胤恒皺起眉，這是他們兩個前往醫院的路上聊的，三十年不發作的花子現在突然暴走、開始利用廁所找人算帳？依照舊案子及人物關聯來說，三十年前一定發生了什麼法律無法制裁的事情，而且教務主任、吳主任跟孫警衛之間絕對息息相關。

但是三十年後的現在，廁所裡的花子突然積極行動，應該是有什麼動機。

儘管都市傳說沒有理由，但是花子就是在廁所，怎麼會幾十年悶聲不吭？總不會連當都市傳說都還得晉級，三十年前被殺的李雪花，到最近才正式成爲都市傳說吧？

「對……對不起！」門口突的傳來氣喘吁吁的聲音，有人打開了門縫，大家錯愕回首，「我來晚了。」

朱佳月上氣不接下氣的走進來，肩上揹著包包，右手則緊緊握著背帶。

簡子芸不解的小嘴微張，她剛剛才告訴她傳錯了啊！「妳怎麼……妳是不是傳錯了？」

朱佳月緊皺著眉，于欣留意到她緊張的神色與哭過的雙眼。

「資料在我這裡……」她從包包中拿出卷宗，「我要休學了，所以得快點還給你們。」

「休學？」簡子芸很訝異，「才開學沒多久耶，怎麼了嗎？」

朱佳月笑得很勉強，伸手遞過資料，簡子芸不明所以，她覺得朱佳月的出現很詭異，反倒童胤恒趕緊上前，沒見到她臉色很蒼白嗎！一副泫然欲泣的模樣。

接過透明資料夾，裡面是一疊講義，但是最上面夾了一張便條紙，上頭是潦草緊張的筆跡：「幫我！」

他立刻與朱佳月四目相交，瞭然於胸，「幸好妳記得，要不然東西在妳那邊就麻煩了。」

童胤恒眼神向外瞟，想著是不是外面有誰在偷聽，但朱佳月蹙著眉輕搖頭。

「好端端的怎麼要休學？該不會跟花子有關吧？」不知情況的康晉翊走了過來，「那天之後，妳在廁所裡還有遇過花子嗎？」

「基本上我不會去召喚她。」她有點膽戰心驚，「那個這幾天的新聞，還有網路上的事……」

是眞的嗎？她想這樣問，結果一票人對著她猛點頭。

朱佳月驚嚇得倒抽一口氣，難道連科學驗證社發生的直播都是……

「請問妳認識朱邦易老師嗎？」

白板前的汪聿芃毫無鋪陳的直問，朱佳月倏地抬頭看她，表情很驚訝，彷彿在問：妳怎麼會問起這個名字的模樣。

而那吃驚的神情，幾乎給了大家答案。

童胤恒趁機翻動卷宗裡的資料，都是些無關緊要的東西，但是那張「幫我」的字條卻讓人覺得憂心。

「那是我……爸。」朱佳月說著令大家震驚的答案，「爲什麼會突然問這個？妳、你們怎麼會知道？」

汪聿芃立刻回身，在朱老師與朱佳月之間的框框畫上連結線，朱老師跟吳主任、孫警衛他們也都連成一線，看！她滿意的退後一大步，這就是她前幾天腦海裡的圖，每一個人都應該有關係。

「天哪……歷史系那個朱邦易老師？這學期臨時調來的？眞是妳爸？」童胤

恒簡直不敢相信，「他為什麼會突然調過來？」

「我覺得誇張的是同校吧！」小蛙想的最直接，「不過幸好妳不是歷史系，要不然父女同校又同系多衰小！」

于欣朝他比個讚，本日最中肯。

「我……」朱佳月遲疑得像是不知道該怎麼回答，但是她互絞的雙手看上去非常非常緊張。

「小月！」

低沉且帶有忿怒的聲音出現在社辦門口，康晉翊心裡默默驚嘆，今天社團的訪客可真不少咧！

「……爸！」朱佳月回身一見父親便如驚弓之鳥，立刻瑟縮身子低下頭。

現在已經九點半了，社團幾乎都已經停止活動，加上期中考在即，熱舞社最近也沒有練舞，所以外頭空地的燈大部分都已經關上，整座鐵皮屋的社團只剩下都市傳說社而已。

從昏暗的燈光下出現的是一個高瘦的鬍子男，戴著一副方框眼鏡，氣質出眾。

看上去比吳主任或是教務主任他們都年輕許多，體格身材也都好太多了！

「朱老師？」童胤恒上前一步，試圖擋住朱邦易的視線。

但朱邦易幾乎一進門就看見正對著門口但是擱在最裡頭的那塊白板，上面有他的名字，而且汪聿芃寫字還特別大。

「都市傳說社啊……」他清楚的端詳白板後，再一一掃視學生們，「上面寫的是我的名字嗎？」

朱邦易看上去似乎溫和，但有股不怒而威的威嚴存在，較之於教務主任或是吳主任更令人膽怯，最靠近門口的陳偉倫連話都不知道該怎麼說，不安的看向于欣。

于欣依然一副漫不經心，從小到大，她跟老師都不對盤。

「您就是歷史系的朱邦易老師嗎？」雀躍的聲音自然來自汪聿芃，她簡直是欣喜的半跑過來，迫不及待的趕到門口。

康晉翊跟簡子芸都自動讓開一條路，好讓她直抵門邊，朱邦易的面前。

「是。」朱邦易看著直接來到面前的女孩，倒是有點訝異，「有什麼事嗎？」

「有，我有很多問題呢！」汪聿芃完全看不出人家臉色有異，「爲什麼您會從K大突然調到我們學校呢？」

朱邦易眉心微蹙，「這是私人問題啊，因爲我搬到附近，A大離我近。」

「什麼時候決定的？感覺很匆促，但這麼匆促怎麼能調成功？」她一雙眼直接鎖著朱邦易，瞬也不瞬，「是教務主任幫忙的嗎？」

朱邦易眼鏡下的雙眼微瞇，明顯的略帶不快，全社團的人都感覺到老師不高興了，汪聿芃依然昂著小腦袋，非常期待他的回覆。

「這是私事，我沒必要跟妳解釋。」他別開眼神，不想再跟汪聿芃四目相交，「小月，妳在這裡做什麼？」

朱佳月顫抖，瞪著地板不敢發一語。

簡子芸見狀，趕緊賠笑臉上前，「我們有資料在她那邊，她趕過來還我的……我們正覺得奇怪，好端端的怎樣會突然休學……」

大概是汪聿芃給的勇氣，簡子芸嚥了口口水繼續說，「總不會是因爲廁所裡的花子的關係吧？」

朱邦易瞬間瞪向他左前方的簡子芸，「廁所裡的花子？」

朱佳月瞠大雙目看上去更顯緊張，暗暗倒抽一口氣，童胤恒在心裡暗叫不妙，才想試著阻止……但根本不知道該怎麼阻止啊！

「老師不知道嗎？朱佳月是第一個發現廁所裡的花子的人，也就是這個都市傳說的第一發現者！」康晉翊侃侃而談，「不過她發現歸發現，後面也沒發生什麼大事啊！」

朱邦易眉心皺得更緊了，緩緩的轉向右邊，瞪著前方的女兒，「花子的事果然是妳傳的！」

「是我們傳的啦！」汪聿芃試圖引起朱邦易的注意，「她是發現者，但傳開來的是我們，都市傳說社嘛！老師，你應該已經知道教務主任跟吳主任出事了吧？」

哇、塞！童胤恒連抽氣的聲音都不敢發出，但是他心裡絕對已經吶喊過了，汪聿芃完全不會看臉色就算了，也根本不在乎朱老師可能已經微慍了！

這氣氛每個人都嗅得出來不對，不管她是不知道還是不在乎，直接切入正題這招也令人讚嘆啊！

眞是一點都不浪費時間啊！

朱邦易明顯的表現出不悅，「我知道，新聞報得很大，我想警方會找到凶手的……小月，回家。」

朱佳月掐緊雙手，「嗯。」

「等一下啦！老師，我還沒問完。」汪聿芃居然回頭擋下朱佳月，「三十年前，您的學生在廁所裡出事對吧？」

朱邦易瞪大了雙眼，「同學！」

這句話逼近低吼了，康晉翊趕緊上前，拉過了汪聿芃，「汪聿芃，妳這樣問話有點不太禮貌。」

「我只是想知道而已，因爲教務主任跟朱老師的名字，三十年前是綁在一起的。」汪聿芃誠懇的看著他，「李雪花您還記得嗎？有個被姦殺棄屍在洗手間的小女生，當時您是她的導師……」

「同學！」朱邦易怒不可遏的打斷她，「妳在做什麼？妳在質問我嗎？」

朱邦易的吼聲迴盪在社辦裡，學生們莫不噤聲，汪聿芃也太白目了吧！康晉翊掐緊她的上臂，話眞的不能這樣說，人家會生氣的，就算是眞的，她這樣未免也打草驚蛇。

童胤恒也跟著上前，「老師，抱歉，她說話比較直接……也比較難接收到我們平常的……」

「爲什麼你這麼激動？」汪聿芃輕柔不解的聲音在童胤恒耳邊響起，「朱老師，你好像很緊張厚？」

天哪！陳偉倫瞠目結舌，是他們很緊張好嗎！早聽說過汪聿芃的怪，那種不懂得看人臉色也嗅不出氛圍的怪，但親身遇到才知道——她完全沒有感覺到朱邦易的忿怒，而且還往人家地雷拼命踩耶！就差沒放火了！

童胤恒回頭看著她，眼睛瞪得又圓又大，拼命擠眉弄眼，現在不是時候啊！

「妳叫什麼名字？妳不覺得妳太不尊重人了嗎？妳不只過問我的私事，而且還……提起三十年前的案子做什麼？妳那什麼說法？」朱邦易果然怒從中來的一步上前，「三十年前我只是配合辦案，雪花的事我們也很遺憾，但並不是嫌疑犯，我只是剛好當時還在學校而已，有別的學生也為我做證我沒有到A專！」

所以，他那時的確是在學校的囉！汪聿芃面對他的逼近毫無懼色，「教務主任、吳主任也是，噢，還有孫警衛。」

簡子芸已經說不出話來了，就算不會看人臉色，但老師都已經這麼生氣了……于欣暗暗在搖頭，打從心底深深佩服汪聿芃。

「小月，回家！」朱邦易決定視汪聿芃為無物，「妳居然信這種東西，還跟都市傳說社有往來，而且為了過來竟然說謊！」

「我……我只是……」朱佳月緊張的往後退了一步。

「老師，朱佳月是要把資料拿來給我的！」簡子芸焦急的為她開脫。

「閉嘴，她參加的是演辯社，不是都市傳說社！」朱邦易倏地瞪向簡子芸，

「她只是找藉口想到這裡來而已！」

都市傳說社跟演辯社都在這舊社辦，的確是個藉口……童胤恒突然意識到朱佳月是故意的，傳訊給簡子芸時說得正經八百，一副她就是要來還資料的模樣。

為什麼要這樣，眞要來編個藉口過來就好了，連LINE都這麼較眞的原因——難道老師還看她的LINE嗎？

所以她必須寫的跟眞的一樣才可以光明正大的到這鐵皮屋，再跑到他們社團，更別說剛剛進來前還演得逼眞，字條得夾在卷宗夾裡？

這麼想著，童胤恒巧妙的接近了朱佳月。

「我只是……想知道後續而已。」朱佳月哽咽說著，她的語調裡是害怕，

「什麼花子！什麼都市傳說！」朱邦易嚴厲斥責，「這種胡說的事妳也信？

「是我先看到花子的，可是後來、教務主任的新聞……」

還跟他們起舞？吳主任跟我說了，妳只是遇到了變態——」

「所以吳主任他們也是嗎？」汪聿芃橫跨一步，深怕朱邦易瞧不見她似的，塞在他眼前，「老師，我們可以照樣跟死掉的兩位主任說：你們只是遇到了變態嗎？」

康晉翊嚥了口口水，雙拳緊握，「而且朱老師您不知道有沒有看見我們跟科學驗證社的影片，那天在全校放送時，眞的有錄到花子回應的聲音。」

一邊說，康晉翊眼尾掃向陳偉倫。

啊？爲什麼要扯到他啦！算了，他又不是歷史系的，沒在怕！

「我們社團都嚇死了，當天錄的時候根本沒有聲音，我們也不可能無緣無故的錄一個打臉的影片吧！」陳偉倫一口氣全說，「慘叫聲耶，那是要怎麼錄……啦……」

接收到朱邦易怒火中燒的眼神，陳偉倫也跟著越說越小聲。

「無稽之談！」朱邦易轉身就往外走，「小月！走！」

既威嚴又忿怒的聲音讓朱佳月膽怯，她在抽泣，但不敢哭出來，雙手發顫的互絞，然後緩緩踏出步伐。

幫我。

童胤恒覺得自己聽見了無聲的求救，他下意識的拉住她！「等等。」

門外的朱邦易回頭，看見被拉住的朱佳月更是怒從中來，「你在做什麼？小月，走了！」

「我們跟朱同學還有事要聊，她不是大學生了嗎？」童胤恒義正詞嚴的說著，「大學生夜晚有活動是正常的吧？老師怎麼還跟管高中生一樣管她？」

「她是我女兒，這是我們家的家規，晚上是不能出來的！」朱邦易再喝令，

「小月，妳走不走？」

「我……」朱佳月眞的是嚇到了，她輕挪右手，「我回去了，對不起打擾了，我……」

「妳跟妳爸住在一起嗎？」簡子芸有點詫異，「我以爲妳住宿舍耶！」因爲K大在南部啊，所以朱佳月原本應該是在南部唸書，考上北部的A大，可能住宿舍，可能住在外面……

「他爸都調過來了，當然住在一起啊！」小蛙很緊張，「別鬧了啦，童子軍，那人家的家務事！」

對啊，朱老師都調到A大了，考上A大的女兒自然……汪聿芃瞇起眼，她怎樣覺得好像哪裡怪怪的？

這樣想很奇怪，但是會不會是因爲朱佳月考上A大，所以朱邦易才緊急調過來？所以才會有「臨時」、「突然」調離K大的狀況！因爲放榜是暑假的事啊！要在給聘書前確認，有教務主任當朋友當然沒問題囉！汪聿芃彷彿雕像般沒動沒說話的思考著，她覺得自己腦補得好嚴重喔哈哈。

但是爲什麼，她會邊想邊起雞皮疙瘩？

「夠了！妳是怎麼回事？爲什麼變得這麼叛逆？」朱邦易氣急敗壞的走近，

直接拽過朱佳月的手，「以後不許妳再跟這些人接觸——」

他使勁拉著朱佳月往外走，但沒兩步他就感受到明顯的阻力了。

詫異的回首，童胤恒自己都不知道怎樣回事，他鬆不開手……他沒有放開過朱佳月的手，反而因爲朱邦易的進入，握得更緊。

「啊……」朱佳月像被拔河的繩子般卡在中間。

「你做什麼？放手！」朱邦易用力拉著。

「我覺得朱同學還不想跟你走！」童胤恒說不上來的奇怪，與朱老師抗力，「我保證會安全送她回去，老師，你暫時讓她跟我們在一起！」

「不可能！跟你們這些人在一起？」朱邦易語調裡帶著厭惡，傻子都聽得出來，「朱佳月！」

一來一往，朱邦易使勁的想帶女兒離開，但童胤恒卻覺得無論如何不能鬆手的往身邊拉，朱佳月中間吃疼的喊著，沒有人插手……因爲大家不知道該從何介入。

「朱老師，你不能尊重一下孩子的——」童胤恒試著說理，卻突然看見了握著的纖細手腕上有不該存在的痕跡。

爲了紮實的緊握住，所以他在拉扯中將朱佳月的外套上移，直接握住皮膚比

隔著衣服牢靠，但也因此看見了那滿是疤痕的手腕。

朱佳月的手腕，那大動脈上，是粗細不一的疤——童胤恒詫異的看向她，朱佳月正以驚恐的眼神對上。

她割腕!?這上面最少十幾道啊!

「放……放手!」朱佳月慌亂的想甩開童胤恒，試圖遮掩那可怕的傷痕。

但越是這樣的慌亂，越引起人們的注意，尤其是離他們最近的汪聿芃，她可從來沒有在管他人立場與想法的。

「妳割腕自殺嗎?」她說得直白，還帶著驚訝的高音，「爲什麼?」

哎呀!簡子芸趕緊上前把她往後拉，什麼都能問，這種問題問什麼啦!

童胤恒因爲震驚與朱佳月的掙扎略鬆了手，朱邦易立刻就把女兒拉回身邊了，他盛怒之下帶著擔憂，粗暴的把朱佳月先往門外推。

「我警告你們，不要干涉他人的私事!」朱邦易食指一一指向學生們，社辦內一片噤若寒蟬。

朱佳月的啜泣聲傳來，朱邦易上前摟過她的肩就往停車場的方向扯去，童胤恒腦子一片混亂，他覺得不該讓朱佳月走……不該。

「她在求救……我不知道發生什麼事，但是她需要幫忙。」他趕緊把卷宗遞給康晉翊，「她不想走對吧？但是我不該……我幹嘛捲起她袖子！」

「是汪聿芃怎麼可以直接問人家爲什麼割腕啦！」小蛙簡直不可思議，「汪聿芃，妳那樣問很傷人妳知道嗎？」

「一點都不會看場合，這是別人心裡的痛……汪聿芃！妳有沒有在聽啊？」簡子芸低吼著，卻見汪聿芃站在原地，兩眼發直的盯著門外。

她沒有在聽。童胤恒看她神情就知道了，現在大家的電波發送激烈，但她完全接收不到。

汪聿芃呆然的望著已經空無一人的門口，朱邦易跟朱佳月的身影都已經離去，她不知道在看些什麼，幾秒後回頭看向了白板上的文字與符號。

「是朱佳月。」她驀地說著莫名其妙的話，下一秒就衝了出去。

咦？眾人根本措手不及，「汪聿芃！」

唯童胤恒直接追上，應付汪聿芃絕對不能想，身體一定要比腦子動得快！衝出門口又即刻右轉，朱家父女正準備斜穿過社團前的空地往外去！

「朱佳月！」汪聿芃立即追上，二話不說勾住了她的手腕。

朱佳月嚇了一跳，朱邦易也是，但後者很快的伸手要撥開汪聿芃。

結果汪聿芃還先動手打掉朱邦易在女兒肩上的手，緊勾著她往反方向的角落

去。

「喂，妳——」朱邦易伸手要拉住女兒，童胤恒從容上前卡在他面前。

他不知道汪聿芃要幹嘛，但是他沒忘記，高中時遇到血腥瑪麗時，是汪聿芃先發現端倪的。

她現在，是不是發現到什麼？

「老師，我們上個廁所就出來你不要緊張啦！」汪聿芃敷衍的回答，拉著朱佳月往社團的洗手間去。

上個廁所——童胤恒驚愕的回身，媽呀，現在上廁所才是最需要緊張的事吧！

爲什麼要拉朱佳月去洗手間啦？她動不動就喜歡在裡面問花子在不在耶！

「汪聿芃！」童胤恒也緊張了，但汪聿芃跑得超快，拖著朱佳月就往角落的寬敞洗手間去。

一進女廁，童胤恒就尷尬了！

其他人追出來，童胤恒趕緊向簡子芸求救，指著女廁叫她進去，而進女廁的汪聿芃哪也沒躲，半推著朱佳月往裡頭去。

「妳做什麼？」朱佳月恐懼喊著，她再傻也知道廁所裡的花子的事啊！「這裡好黑，我沒有要上廁所啊！」

「妳是契機對吧？」汪聿芃劈頭就問，「廁所裡的花子是因爲妳才出現的！」

朱佳月根本呆了，她站在某間廁間門口，愣愣的看著汪聿芃，「……什麼？我怎麼可能……那是都市傳說耶！」

「我們學校從來沒有廁所裡的花子啊……對啦，以前也沒有紅衣小女孩，但就是有什麼逼得都市傳說現身了。」汪聿芃還在那邊擊掌，「就是妳了！」

「我不是！」每個都會這樣喊吧。

外面的人聽得一清二楚，簡子芸跟于欣也焦急跑入。

「妳在幹嘛？汪聿芃！」簡子芸頭好痛喔。

「花子是因爲她出來的，妳們回去看白板，件件都有關連，每件事都能連在一起——除了她跟花子之間沒有線。」汪聿芃說著大家追不上的話，「不然我們直接做實驗好了！」

什麼!?簡子芸直接傻住，動手握住汪聿芃的手，「妳不要亂來！都市傳說不是——」

「花子，妳在嗎？」

毫無心理準備，汪聿芃認眞的在洗手間裡叫了花子。

「呀！」朱佳月嚇得抱頭低首，「妳爲什麼要這樣!?我要出去！」

她哭喊著，就要撞開汪聿芃往門口衝——咿……

她左後方傳來的聲音，逼得她戛然止步。

汪聿芃跟著往近在咫尺的門看去，簡子芸也僵住了身子，後頭的于欣不知道發生什麼事，但至少看見朱佳月身邊那道廁間門緩緩的開了。

像是有人在裡面，慢慢的把門拉開一樣。

簡子芸這才意識到，朱佳月站在第三道門前：第、三、道、門。

『我在……』森幽童稚的聲音立時傳來，虛弱卻清楚得連站在外頭焦急的男生們都聽見了，『一直都在……』

驀地一隻小手從門裡竄出，在汪聿芃尖叫之前，一把攫住了朱佳月的肩頭。

咦——朱佳月連回首都來不及，只得到一聲細叫——「噫！」

唰！她整個人瞬間被拉了進去！

「……哇啊！哇啊啊！幹！」于欣第一個驚叫出聲，「幹幹幹幹幹！有人把朱佳月拉進去了！」

什麼！童胤恒跳了起來，顧不得太多的直接衝進去！

「什麼叫拉進去？」他衝進去看見逃出去大喊的于欣，還有呆若木雞的兩個

女孩，「妳們在幹嘛!?朱佳月呢!?」

「天……天哪！」簡子芸回過神來立刻腳軟，「第三間！」

趕到的康晉翊及時扶住她，童胤恒推開擋路的汪聿芃，一腳踹開了第三道門。

沒有人。

他回頭看著汪聿芃，她像沒了魂似的驚愕，他焦急的推開每一道廁間，這整間廁所裡沒有朱佳月的身影！

「怎麼回事!?我的小月呢!?」朱邦易也氣急敗壞的大吼。

在外面吼。

這麼在意女兒的父親卻沒有進來，連小蛙跟陳偉倫至少都踏進女廁緊張的觀望，但唯有一個人還站得遙遠的吼著。

那不是他女兒嗎？他在怕什麼？

「汪聿芃！妳在做什麼!?花子拉走她了嗎？」童胤恒激動的搖著汪聿芃，「妳說話啊！」

汪聿芃嚇傻的回神，緩緩看向他。

「花子……伸出手就……」她喃喃說著，眼神亂瞟，「拉她進去了。」

「沒有啊！人不見了！」他拽著她來到第三間廁間前，「看見沒有！裡面沒有人啊！」

不是這裡。

汪聿芃忽地顫了一下身子，反手握住了童胤恒的手，眼神瞬間變得清明，瞪大眼睛直看著他。

「不是這裡，花子的廁所不在這裡。」

什麼？童胤恒皺眉。

「廁所裡的花子，不是在這裡！」

餘音未落，汪聿芃轉身往女廁外衝，撞開了其他同學，毫不猶豫的向外衝去。

「妳——我女兒……喂，妳！」

花子的廁所不在這裡……童胤恒啊了一聲，他知道了！他一衝出去已經不見汪聿芃的身影，陳偉倫立刻指向她離開的方向。

靠！汪聿芃是市內短跑冠軍，跑這麼快幹嘛啦！但是他知道她要去哪裡了——因爲花子待的廁所，在學校的另一端！

第十章 花子的遭遇

劇烈的拉扯搖晃，朱佳月尖叫踉蹌的往牆邊撞去，肩頭撞擊略疼，但沒有慌亂來得嚇人。

她根本不知道發生什麼事，只依稀聽見開門聲，然後就被一股力量扯進來了！

天哪！這是哪裡!?她伸手扶住磚牆，想要穩住重心，剛剛在她面前說話的那個女生呢？汪什麼的，她忘記了她叫什麼……緊張的抬起頭，發現自己在一小方天地間，這麼窄小這麼高……

高？朱佳月有些遲疑，她仰著頸子，門怎麼會這麼高？低首環顧四周，她在廁間裡。

在一個巨大的廁間裡，不……她看見自己扶著牆的手，這麼小巧，應該說她變小了？

她怎麼會……身體開門走了出去，朱佳月看著女孩正在沖洗雙手，但滿是水漬的鏡子裡，映著的卻不是她的容貌，是個清湯掛麵的小女生，文靜的面容。

花子？她腦海中這麼想著，身體卻往外走，這個是花子的身體嗎？她現在在她的身體裡……哇，走出洗手間，朱佳月有種豁然開朗的感覺，這裡是學校，是她第一次遇見花子的那間獨立廁所外。

只是情景不一樣，植栽、花圃，甚至是……女孩回頭望著那間洗手間，連廁所都截然不同！

「嗯？」彷彿聽見什麼似的，女孩轉過身子，沿著洗手間外的小徑繞過了女廁，往隔壁男廁走去。

朱佳月搖搖晃晃的，她腦子不清楚，因爲她在別人的身體裡啊……小女孩小心翼翼的往前走著，因爲她在男廁那邊聽見了什麼……四周異常安靜，但天色看上去晴空萬里，日正當中，應該是中午時分。

逼近男廁外，喘息聲間斷的傳來。

朱佳月忍不住一顫身子，她知道那是什麼聲音了，喘息與呻吟……她怎麼會不知道！

但是這個女孩只是小學生吧？她能知道什麼？所以她好奇的往裡面走去，看似空無一人的廁所裡，還傳來啪啪啪的聲音。

「啊……」細微的呻吟傳來，「啊……」

眞噁心！朱佳月在心裡吶喊著，爲什麼會在學校的廁所裡做這種事？

女孩依然壓不下好奇心，持續往裡面走去，在最裡面那間廁間裡，激動得連門板都在輕晃。

「哈啾！」女孩竟莫名其妙的打了個噴嚏，自己都嚇了一跳！

「誰!?」

廁間裡即刻傳來厲吼，女孩嚇得回身就衝了出去。

咦……朱佳月在驚愕之中，雖然這個女孩正在恐懼，但是她認得那個聲音！

衝出去的女孩頭也不敢回的沒命往前衝，但身後猛然被人揪住衣領，倏地煞車，連雙足都被提拎離開地面。

「爲什麼妳會在這裡？現在不是午休時間嗎？」低沉的聲音帶著點緊繃。

女孩驚恐的回身，是個男人。

「我……我來上廁所……」囁嚅恐懼，她連聲音都在哽咽。

「是嗎？」抓住她的男人笑著，用令人不舒服的眼神打量著她，「妳好像是從男生廁所出來的啊……小妹妹！」

咦？男人蹲了下來，雙手都抓住女孩的雙臂了，女孩嚇得要死，全身發抖得不敢動彈。

「那是祕密喔……」男人警告般的看著她，「如果說出去的話，老師不會放過妳的喔！」

老師……朱佳月顫抖的看著眼前帶著猥褻眼神的男人，她認出來了，那是教

務主任……新聞上那張臉就是他！只是年輕很多！

女孩點頭如搗蒜，只想要快點離開這裡！

只是才一轉身，朱佳月就感到天旋地轉，整個人被重重摔上冰冷濕潤的地板，痛得放聲大哭！

「我不知道！我沒有說！」女孩哭喊著，「真的沒有說！」

「妳沒有說會有人知道！不是約好不能說的嗎？」教務主任嘖嘖嘖的唸著，「這樣不乖喔！」

「跟她廢話這麼多幹什麼！解決掉吧！」旁邊還有別的男人在說話，女孩撐著起身，她在洗手間裡，旁邊站了至少三個男人。

「對，不解決，我們的未來可就麻煩了。」這聲音相當平穩，也很熟悉。

「急什麼！」不認識的男人聲音突然上前，一把揪過女孩的頭髮往前拖，「解決之前還有很多用處呢！」

「呀──啊！」女孩掙扎著，卻仍然被粗暴的拖進廁間裡，「我不要！我真的沒有說出去，不是我──哇啊！」

不不不！朱佳月雙手掩面，這哭聲這叫喊，接下來會發生什麼事她都知道，被撕毀的衣服，被粗暴的虐待，疼痛的哭聲被扭曲成歡愉，粗暴的施打是爲了增加刺激。

為什麼沒有人來救救那個女孩？她痛苦的掩耳抱首，在黑暗中蹲下身，為什麼不管怎麼呼喚都沒有人會來救援？不管她們多痛苦多難受，都還是只能承受著這些！

「爽完換我啊！這女孩長得挺漂亮的呢！」教務主任雀躍的說著，「好好教教妳，什麼叫聽話！」

除了男人的喘息聲外，剩下的都是女孩的哭泣與尖叫，朱佳月不敢抬頭不敢看，她不知道自己在哪裡，她在一個黑暗中，看著遠方那飽受折磨的女孩，她哭得嗓子都啞了，被打得遍體鱗傷，還得被逼著承認喜歡這樣的施虐。

因為她以為可以躲得過的，只要配合老師們，她就可以快點離開這裡，快點回家。

當最外圍那個男人走進廁間裡，脫下褲子時，女孩已經沒有氣力掙扎了，她任他們蹂躪著，任淚水自流，一心一意只想快點結束這一切。

趴在地上的她雙眼彷彿對著朱佳月的方向，朱佳月在顫抖中偷偷抬頭，她多希望幻覺已經結束，看見的卻是那女孩無助的雙眸。

沒有人會來救她們的……朱佳月泣不成聲，她看著自己抱著頭的手，看著那

手腕上無以計數的疤痕，連死都做不到的懦夫，只能一直承受這種地獄般的生活！

「啊——哇啊啊——」悽厲的哭聲驟然傳來，嚇得朱佳月倏地抬首。

她只看見血花炸開，有人抓著女孩纖細的腳踝，狠狠的往廁間磚牆砸去，彷彿他們手上的不是個人，只是個玩偶似的。

又輕又有彈性，一會兒甩上牆，一會兒往蹲式馬桶便盆砸下，連續不斷的一下再一下，女孩頭破血流後，就沒有再出聲了。

「誰在裡面？」

外面傳來聲音，連朱佳月都跟著回首——救救她！快點來救救她！

「去看看，這時間好像是孫仔。」不認識的男人聲音說著。

抓著女孩的男人彷彿累了，鬆開手，女孩的身軀頹軟著，癱軟躺在地上，朱佳月顫抖的想叫醒她，但是她知道……已經來不及了。

「要做就徹底一點吧，反正絕不能讓她活著。」微胖的男人再度抓起女孩，「要怪就怪妳好奇心幹嘛這麼重吧！」

男人高舉起女孩，重重的往裡頭砸，那骨頭撞擊便盆的聲音如此驚人，朱佳月全身都在膽寒……她含淚回眸，剛剛外面的人了，不是聽見了嗎？

救救她！救救我們……她伸長手想往外求援，她喊了十八年啊，爲什麼就是沒有人能救她呢！

求求你們啊，不管誰都好，只要拉她一把，把她從地獄裡拉出去啊——

「朱佳月！」

啪！強而有力的手抓住她的手腕，另一隻手扣住她上臂攙直，接著將她整個人往門板上推。

「喂！」汪聿芃搖著她，「朱佳月！妳還好嗎？哈囉！」

朱佳月瞬間驚醒，她驚恐的瞪圓雙眼，看著在她眼前的女孩，汪聿芃還在認眞的搖著她，不停的把她往門上撞。

「我……欸！」她被推撞得有點莫名其妙，「我還好！我很好很好……」

這是什麼叫人方式啊！她有點錯愕，但精神尚不穩定。

童胤恒跑到了第一次花子出現的廁所外頭，微喘的看著裡頭昏黃的燈，花子的廁所應該是在這裡，因爲三十年前出事的李雪花也是在這裡。

不過這眞的是令人覺得神奇的一件事，在社辦被拉進廁間裡的朱佳月，會在這裡出現嗎？

「汪聿芃！」他在外面喊著，「有找到人嗎？」

「啊！有！」汪聿芃喜出望外，「朱佳月在這裡，她眞的在這裡呢！還是在左邊那間！」

呃……聽這語調，眞是可喜可賀！

「呼……」童胤恒走入小徑，試探性的走到女廁門口，看見的是被壓在敞開門板上的朱佳月，還有壓制著她的汪聿芃。「這畫面很容易被誤會喔！」

「嗯？」汪聿芃根本還不明白，不過總算鬆開手了，「我剛來時她一個人在裡面尖叫，我怕她又不見就把她拖出來了。」

果然是左邊那間，從頭到尾花子都回應的那間。

「這種瞬間移動眞方便……」童胤恒搖著頭，「但我沒很想要啦！」

「是花子帶妳過來的嗎？」汪聿芃雙眼熠熠有光，「妳有看見她嗎？妳們有說些什麼嗎？」

朱佳月搖了搖頭，淚如雨下，「不……太殘忍了！太殘忍了！他們殺掉她了，他們就這樣活活的把她打死了！」

她激動的抓著汪聿芃喊，汪聿芃有點不明所以，但是朱佳月哭得好傷心，讓她不得不先讓她發洩一下。

「妳……看到什麼了嗎？」童胤恒大膽的走進洗手間，「看見花子還是李雪花？」

哭著的朱佳月聽見李雪花的名字有些遲疑，她不解的看向童胤恒，「那個女孩嗎？」

「對，三十年前死在這間廁間的女孩，大概十歲，叫李雪花。」童胤恒謹慎的回應。

朱佳月登時倒抽一口氣，頓了兩秒後拼命點頭，「對對對，就是她！她被殺掉了，他們抓著她的腳，像甩物品一樣往牆上摔、往馬桶裡砸，她的頭都破了，血飛得到處都是……」

她看見了，汪聿芃任朱佳月攀著肩頭哭喊，她剛剛才突然有種感覺，爲什麼廁所裡的花子會突然現身？

而且事事指向三十年前那件陳年舊案，教務主任、吳主任、孫警衛甚至是他們剛剛才知道的朱老師，看著汪聿芃寫的白板資訊，每一件事都有關連的話，起點是什麼？

是這間廁所，是某個人。

調職的朱老師、手腕上的自殺痕跡、可能隨著女兒考上A大而突然調職的老師、求救的朱佳月——如果她根本也是關聯者，如果她根本是契機。

第一個感受到花子的是朱佳月，她是第一個發現者，那有沒有可能廁所裡的花子是因爲她才出現的？

當然，也可以說因爲朱老師調回來的關係，但問題是教務主任跟吳主任一直都在A大，何以廁所裡的花子並未出現過？這個都市傳說這幾十年都在度假，突然在某日跑出來？

所以汪聿芃只能想到是因爲朱佳月。

「小月！小月！」呼喚聲由遠而近，朱佳月嚇得直接躲到汪聿芃身後去。

咦？汪聿芃一邊被推轉了一百八十度，變成面對女廁門口的方向，童胤恒見狀況自然不妙，他沒退出女廁，反而往汪聿芃身邊走去，擋在她面前，靜待著從門口出現的男人。

「呼……呼……小月！」朱邦易有些喘，「妳爲什麼會在這裡？」

「李雪花帶她來的。」汪聿芃毫不遮掩，直接了當的說。

光線不甚明亮，尤其這間女廁門口上頭的燈不知何故不亮，所以陰暗下看不見朱邦易的表情。

「在說什麼……妳剛剛不是在鐵皮屋那邊嗎？」朱邦易搖著頭，往內走，「快點，這裡不對勁，我們回家！」

「我不要——」朱佳月突然拔高了音尖叫，雙手搭著汪聿芃的肩頭，人就躲在她身後歇斯底里，「凶手！殺人凶手——你這個變態！」

「小月！妳在說什麼！走！」朱邦易緊張又忿怒的大步邁進，朝著朱佳月前去。

童胤恒直接以身體擋住他的去向，雙手甚至做出抵擋狀，「老師，你先冷靜一下。」

「你幹什麼？讓開！」朱邦易緊皺眉心，「你在阻擋我嗎？」

「朱佳月並不想跟你走，我覺得……你不該強行帶走她。」童胤恒禮貌說著，但是卻毫不退讓。

「我看見了！你殺了那個女孩……不只是你，還有教務主任跟、跟我不認識的人！」朱佳月恐懼的喊著，「而且你們還強暴了她，你們、你們怎麼可以這樣，凌虐她再殺死她！」

「朱佳月！」在明亮的空間裡，童胤恒總算看見了朱邦易閃過慌張的眼神，「妳……我們回家，妳該吃藥了！」

「不、我不要，我沒有病爲什麼要吃藥！」朱佳月的尖吼的確有點像情緒崩塌，她緊抓著汪聿芃的手臂，「幫我，救我離開他，我不要他再碰我了！」

什麼!?汪聿芃瞪圓雙眼回頭瞅著她，「誰碰妳？」

「不要聽小月胡言亂語，她精神不正常！」朱邦易緊張的往前，童胤恒即刻推了他向後，「同學！你們不懂，她就是不正常，我們才要她休學的，她有妄想症。」

「我沒有！我清楚得很，你從小到大怎麼對我的我比誰都清楚！」朱佳月歇斯底里的哭著，「從我有記憶以來，他就強姦我，他！我的父親，他有戀童癖！」

「閉嘴！妳怎麼可以汙衊我——」朱邦易動手扣住童胤恒的肩頭，直接把他往旁邊甩去，「讓開！」

但畢竟年齡有差，童胤恒先是踉蹌兩步，立刻側身回擊，硬是撞開朱邦易！

「老師，請你出去！」童胤恒厲聲大喝，「你不能接近朱佳月！」

啊……朱邦易向旁邊踉蹌幾步，不可思議的看著童胤恒，這學生體格的確不差，身高超過一百九，擋著他就像一堵牆，這洗手間也不大，要繞過他帶走小月有阻礙。

汪聿芃相當震驚，轉過身攙著朱佳月，「喂，妳知道自已剛剛在說什麼嗎？」

「這還假的了嗎！」朱佳月直接挽起袖子，秀出她的手腕，「我自殺多少次

了，我每天都過著生不如死的生活，好不容易以為考上遙遠的A大可以離開地獄，他居然眨眼間就調過來了——我永遠都脫離不了他的魔掌！」

「天哪！朱老師！」童胤恒打直右臂，「你也太變態了吧！」

「我說過她有妄想症！」朱邦易氣急敗壞的怒吼，「你們不能相信她的片面之詞！」

「他從以前就這樣了！你在這裡強暴過別的女孩對不對，結果被那個李雪花看見了！」朱佳月驚恐的看著自己的父親，「你以為她看見了，我死都不會忘記你的聲音，你大喊著誰，把那女孩嚇得跑出去，然後她才被教務主任發現！」

不可能！朱邦易越過兩個學生看著自己的女兒，小月不可能知道當年的情況，世界上除了他跟那些女孩、還有張文宏他們之外，不可能有其他人知道！

「然後呢？」汪聿芃聽出她在講當年的事件，緊張的追問。

「不要胡說八道！」朱邦易大喝，「你們要聽一個精神錯亂的人說話嗎？她有病史的！」

童胤恒一再阻檔，或許事實未被證實，但在這之前，他絕對不會讓朱邦易碰到朱佳月一根汗毛！

他心裡想的卻是……都市傳說或許不會錯！

「他們以爲那女孩看見了，還是有什麼謠言傳出去了，所以認定是那個女孩說的，就要殺她滅口……說什麼會影響到他們未來的生涯！」朱佳月連聲音都在發抖，變得尖細，突然衝著朱邦易大吼，「她根本沒看見你！你知道嗎，她什麼都沒看見、沒看見你、沒看見被你玷污的女孩！」

明明什麼都沒看見，因爲這件事死於非命！臨死前還慘遭凌辱，再活活打死！

小小的身軀被塞在馬桶裡，皮開肉綻的泡在穢水當中……她忘不了那種淒厲的慘叫聲。

跟她有幾分像，小時候，她被爸爸拖到房間去時，她也曾那樣哭喊過。

「所以李雪花因爲沒瞧見的事情被殺了嗎？」童胤恒倒是聽分明了，雙眼鎖著朱邦易，「老師，朱佳月說得對嗎？是否符合當年的一切？」

「戀童癖有點噁心……強姦就更爛了。」汪聿芃皺起眉，「所以妳看見誰？教務主任？朱老師？吳主任？孫警衛？」

朱佳月顫抖著搖頭，「我不認識全部的人，但我知道教務主任，我更忘不了他——」

她是對著父親吼的，那個對她下手十數年的男人，她怎麼可能會忘！

「或許這是孫警衛活著的原因吧！」聽起來孫警衛沒有插手。

「孫……女孩被殺的時候，外面有人！有人對著裡面喊，他們說是一個姓孫的人！」朱佳月回憶著剛剛見的跳躍片段，「然後我爸就走出去談……對啊，並沒有人進來救她。」

——我不該拿錢的！對不起！——孫警衛在急診室裡歇斯底里的喊話聽來令人膽寒，他懺悔不該貪心，或許可以大膽猜測，當年這些孌童的傢伙付了孫警衛一大筆封口費。

「小月，妳眞的該吃藥了。」朱邦易一反剛剛的盛怒，突然變得極爲平靜的重新往前走近，「跟爸爸走，帶妳回去吃藥。」

「不不不，不要再讓他碰我了，好噁心好噁心！」朱佳月再度躲到汪聿芃身後，「你不是只喜歡孩子嗎？我已經長大了，爲什麼不能放過我!?」

「老師！」童胤恒凌厲的眼神瞪著朱邦易，帶著警告意味。

朱邦易眼神轉爲冰冷，他看著童胤恒冷笑，再轉向汪聿芃身後的女兒，勾起令人不寒而慄的笑意。

他的女人、他的女兒，他自己創造出來專屬他的寶貝，怎麼可能輕易放過她！

「我真的不知道你們在幹嘛，也不明白你們怎麼知道的。」朱邦易平緩的說著，「但是，這件事不該有人知道。」

汪聿芃打了個寒顫。

她護著朱佳月走下那一級的小階梯，躲到童胤恒身後，她開始覺得大家都困在這狹小的洗手間不好。

「社長知道我們在這裡嗎？」汪聿芃問著。

童胤恒微怔，微幅搖頭。

他沒有說他們要去哪裡，只顧著追汪聿芃，她跑得這麼快，不趕緊追就會失去蹤影了！社辦離這裡很遠，中間至少要轉三四個岔口，他什麼都沒說，康晉翊不會知道他在哪裡。

朱邦易再往前逼近了一步，朱佳月貼著牆角哭泣顫抖，汪聿芃只能護著她，而童胤恒再護著她們倆。

但是，她覺得他們應該要離開這裡才對，因為朱老師的樣子看起來有點……嚇人。

「我讓老孫把監視器關了。」朱邦易突然說著，「也就是說，只要設計巧妙，或許……」

童胤恒警戒心起，「現在這個時代，不是那麼容易可以殺人脫罪的！而且老師，我們都是大人，不是小孩，不可能讓你得逞的。」

朱邦易劃上令人心寒的微笑，「話眞的就別說得太早了……」

他放在口袋裡的手，像是摸索著什麼……汪聿芃緊張的看著童胤恒的身影，看著朱邦易的動作——

「老師，你不相信都市傳說嗎？」她驀地脫口而出，「不相信花子在等著你嗎？教務主任後是吳主任，孫警衛也重傷了，你覺得你能全身而退嗎？」

朱邦易略爲一怔，瞪著汪聿芃，「妳在說什麼，我一個字都聽不懂。」

「我不覺得花子有這麼好打發……她說過，她一直都在！不只是她始終存在，也代表了壞人一直都在，你、教務主任、吳主任都一樣！」汪聿芃緊張的大吼，「花子，妳在嗎？」

哇哩咧！連童胤恒都緊張的回頭，她要找都市傳說聊天時不能先說一聲嗎？

啪……啪啪嘰……頭頂的燈突然開始閃爍，連燈泡裡都迸出火花，這讓童胤恒僵直身子，瞪著那間廁間瞧，他有種沒聽見回應也知道答案的預感。

『一直……都……在……』

虛弱的聲音，幽幽的從女孩子們剛剛才離開的廁間裡傳出來。

朱佳月用極爲緩慢的動作轉向左手邊，她離那間廁間不到三十公分，這嚇得她縮了左肩，拖著汪聿芃往右邊的洗手台更靠近了些。

因爲那扇門，正緩緩的由裡被拉開，咿……就像十分鐘前，她在社辦洗手間門口時的感覺一樣！

朱邦易驚異的看著那扇不該有人在的廁間，右手反手向後，試圖扳住洗手間的大門要離開——但是，他沒摸到！

咦？朱邦易驚恐回頭，才發現洗手間的門竟無風的自動關上！

「啊！」他轉身，看著門即將就要關上！

童胤恒被他叫聲引得正首，也看見了要關上的大門——他可不覺得一起跟花子關在一間洗手間裡是好事啊！

「擋下！」他情急之下脫口而出，而眼角瞄向廁間那扇門開得更大了。

還沒看到誰，就看見了紅血從洗手間裡緩緩的溢出……

砰！重大的撞擊聲傳來，女孩們嚇得尖叫，即將關上的洗手間大門門縫裡硬是插進了一支手機，這才衝到門邊的朱邦易看著那半截手機，然後是由外推開門的身影。

「你們果然在這裡！」康晉翊使勁把門給推開，他們剛剛抵達，就看見洗手

間的門要關上了！

是為什麼要在花子存在的洗手間裡關門啦！所以他二話不說衝進來，先阻止門關閉再說！

只是一開門見到朱邦易他有點詫異，越過他看見童胤恒、汪聿芃……還有她身後令人咋舌的朱佳月。

「……朱佳月真的在這裡！」跟在他身後跑得上氣不接下氣的簡子芸簡直不敢相信。

他們剛剛在鐵皮屋那被扔下，所有人丈二金剛摸不著頭腦，一個接一個衝出去，但根本不知道他們去哪裡。

但冷靜推敲，就能明白汪聿芃話裡的意思：不是這間廁所，那還能是哪間！花子的廁所啊！

距離很遠，又上下坡交錯，不明白這幾個人體力怎麼這麼好、跑得又這麼快！

康晉翊他們的出現讓汪聿芃等人分神，她回神時刻意再回頭看，地上哪有什麼血跡，也根本沒人開門，她戰戰兢兢的用指尖把門一推開時，還惹來童胤恒的大吼。

「喂！汪聿芃！」童胤恒嚇得趕忙一把拉住她的手，「妳幹嘛推開門啊!?」

門板被咻的推開，撞到牆面後又彈回，裡面沒有任何人。

但萬一有人呢？

「剛剛明明……」汪聿芃喉頭緊窒，看向卡在門口的康晉翊，「是他們來的關係嗎？」

「我謝天謝地他們來了，跟花子關在一起會有好事嗎？」童胤恒定下心神，望著康晉翊，看著喃喃自語的簡子芸，然後……「老師呢？朱老師呢？」

「蛤？」康晉翊一怔，「啊，他剛剛走了。」

「走什麼……報警！」童胤恒嚷著往外跑，「說我們找到殺死李雪花的凶手了！」

康晉翊完全震驚：「什麼！」

「先報警就對了，朱佳月交給你們看顧！要顧著她喔！」汪聿芃也跟著撞開康晉翊跟簡子芸往外衝。

小徑外站了陳偉倫，其他人可能還在跑來的路上，個個不明所以，既恐懼又慌亂，童胤恒問了朱邦易往哪兒跑，陳偉倫立刻指向停車場的方向。

「不能讓他離……」童胤恒話沒講完，一個身影咻的就從他面前掠過，「妳

慢一點！」

他及時拽住了汪聿芃，她唉呀的被往後扯還不高興。

「我還有事要問老師！」她嚷著，氣急敗壞。

「非常佩服妳求知的精神，但拜託妳……追到他然後呢？妳不覺得老師好像口袋裡藏有什麼嗎？」童胤恒總覺得能這樣殺死一個小女生的人，其實是相當心狠手辣的份子，「萬一他對妳不利的話怎麼辦？」

汪聿芃望著童胤恒，明白他的意思，但是……她遠遠望著在大道上奔跑的身影，說什麼都不能讓他走。

「他還欠李雪花一個交代！」汪聿芃緊咬著唇，朱佳月可以控告他性侵，但是殺人呢？

「他搞不好還眞有本事都不進廁所了！」童胤恒明白她的不爽，但是他們還是要以自身安全爲前提啊！

已經過追訴期了啊！

只要讓他進廁所……汪聿芃忽然亮了雙眼，倏地看向童胤恒！

「我明白了！」童胤恒也在瞬間想起來，「妳跑比較快，妳繞過去堵他！」

「好！」汪聿芃二話不說，不由後追上，而是穿過灌木叢，她要從草坪花圃裡抄近路，繞到朱邦易前面去。

而童胤恒則急起直追，追著朱邦易身後狂奔，「朱老師！你等一下！」再加上喊話，老師一定會緩下腳步……朱邦易回頭看向衝來的學生，年輕人體力就是不一樣！

來不及跑到鐵皮屋了，朱邦易瞄著右手邊的岔路，他可以先繞到外面去，一邊打電話給妻子，她也說要過來幫小月打包的！

車子一定會經過馬路！

「老師！」

才想往右穿到馬路，汪聿芃卻從那邊衝進來。

這讓朱邦易嚇了一跳，倉皇回首，童胤恒也看著就要追上，汪聿芃不客氣的朝他逼近，逼得朱邦易只能選擇往左邊去！

後有童胤恒，右手邊有汪聿芃，這兩個學生眞是有夠陰魂不散！

無論如何，今晚他絕對不能讓警方拿住，他要先離開這裡，好好思考要怎麼應對，追訴期已過不必擔心，重點是要如何好好料理小月這個賤女人！

左側是小徑，枝繁葉茂，路燈又不夠亮，朱邦易謹愼的快步奔跑，但再快，也沒有汪聿芃快。

「朱老師，我覺得有人想見你！」汪聿芃一眨眼就掠過了童胤恒，直接追上朱邦易。

在左邊這裡的葉林裡，有那小小的、獨立的、只屬於男生的男廁。因爲這兒人少，所以男廁只有一間，也是方便停車場的人如廁，只是很妙的它設立在花園中間，外面一堆枝葉，若非熟人眞的很難會看見這兒有廁所，更別說，是這樣的黑夜了！

汪聿芃以身體逼著朱邦易略向左，眼看著洗手間就在面前，她直接撞上他，逼得他一起往洗手間裡踉蹌而去！

「汪聿芃！」童胤恒察覺出她的用意，加快腳步追上前去！

「什……」朱邦易踉蹌著，根本重心不穩，但是這女學生完全貼著他的身體，然後——

他在驚覺到前方有東西時，已經來不及了。

感應燈啪的亮起，他才知道那兒有間廁所。

「不——」朱邦易大喝著，瞬間伸出雙手抵住了門緣。

結果情急想拉住汪聿芃的童胤恒煞車不及，狠狠撞上汪聿芃、撞上了撐著門緣的朱邦易。

最後三個人一起狼狽的摔了進去。

砰！

他們混亂中聽見的，是甩門的聲音。

第十一章
廁所裡的花子

童胤恒根本搞不清楚狀況，他急著想拉住汪聿芃，她一副就是會隨著朱老師跌進洗手間的模樣，但他衝得太快，這一段又有點下坡，根本煞不住！

他覺得他已經拉到汪聿芃了，但是卻不得已的往前撞，接著就是天旋地轉的往前摔，而且……噢，他根本摔到地上了，手腳關節都好痛！

「哎……喂！」汪聿芃的聲音也不太自在的傳來，「很重耶你！」

「誰？」童胤恒手撐著冰冷的地板起身，嘶……他剛剛摔倒時手腕還是扭著的，眞痛！

「不就你！」趴在地上的汪聿芃沒好氣的唸著。

他？童胤恒有點驚嚇的定神，才想著為什麼身上四肢都痛，可是臉頰跟頭倒是一點都沒事，那還不是因爲他跌在……汪聿芃的屁股上！

「哇！」他嚇得瞬間直起身子，「對不起對不起！」

唉……汪聿芃整個人趴在地上，根本懶得動，摔倒已經夠痛了，身後還壓著一個高頭大馬的男生，那不幸好是壓在她屁股上，要不然豈不更難受。

童胤恒忍不住面紅耳赤，甩甩手彎身扳動她的肩頭，「妳還好嗎？能動嗎？」

「痛……」汪聿芃皺起眉，在童胤恒的協助下才勉強撐起身體。

她是眞的摔在地面，臉頰也撞擊得發疼，跪坐在地上時揉著發疼的部位，也

好回神看一下那位朱老師有沒有進洗手間吧？

朱邦易緊皺著眉坐在一點鐘方向地上，背靠著廁間的木門，看上去也才清醒而已。

汪聿芃才正定神往前望去，卻在瞬間愣住。

「這哪裡？」她聲調緊繃，狐疑的朝站在右後方的童胤恒問。

童胤恒早就傻了，他是唯一站起身的人，也是第一個發現到這間洗手間有多特別的人——他們在一間大到不像話的廁所裡。

有多大呢？就他們跌倒的方位來說，他們才摔進門的，所以距門口只有兩到三公尺距離，左手邊是洗手台，再往下延伸也是廁間，這是間寬敞且兩邊都有廁間的洗手間。

最絕的是，放眼望去的廁間最少十幾間，而且……沒有盡頭。

「我的天哪……」童胤恒還在回憶著藏在葉林裡的這間男廁，「我記得這間只有兩間廁間吧？」

「哇、塞……」汪聿芃突然膝蓋都不痛了，迅速的跳起來想往前走，「我看不到盡頭耶，這有多遠啊……」

「喂——」童胤恒立即拉住她，「妳是要去哪裡？」

「不想去看看總共有多少間嗎？」她好奇的雙眼發著光，回眸望著他，尋得一份認同。

「不想。」童胤恒斬釘截鐵，「我只想知道：這是哪裡？」

這是哪裡？是啊，這不是他們知道的學校洗手間，這隱藏男廁明明很迷你，雖然只有兩間廁間，還比發生事情的獨立廁所小，因爲那兒是男女廁都有，這兒就獨立一間男廁罷了。

迷你狹窄是大家的印象，學生寧願多走幾步去鐵皮屋那邊的洗手間，那兒可寬大了，畢竟過去社團人數多啊！

現在這間「古色古香」的洗手間，絕對不是他們記憶中所有的。

地板跟牆壁鋪白色磁磚，而且跟學校的截然不同，是那種古老房子才會鋪設的小型磁磚，地板還是彩色咧，由灰藍色與米黃色交錯而成。牆上的方格磁磚也是早期使用的類型。至於廁間就很簡單了，木頭門板，看上去也不是很牢固。

那個鎖更是最原始的閂子而已。

「別告訴我這是三十年前的廁所裝設。」童胤恒瞄向扶著牆站起的朱邦易，「朱老師，你該熟吧？」

朱邦易擰著眉環顧四周，他一眼就認出來了，這是當年A專裡的洗手間啊！

他怎麼可能會忘記！他可是在這些廁所裡，過了無數愉快的時光。

但是，並沒有這種寬敞到誇張甚至無止盡的地步啊！

「這太離譜了，這裡是哪裡？你們把我帶進了哪裡？」

「這不是我們帶的，我們原本只是想把你推進路邊的廁所而已。」童胤恒倒是誠實以告，「畢竟你應該要跟花子好好聊聊。」

「什麼花子！不要再扯這種無稽之談！」朱邦易怒氣沖沖的即刻打斷他的話，「你們能拿那套唬弄教務主任或是吳主任，但我不是那麼輕易能被騙的人！」

「朱老師，你用點腦子吧！朱佳月一瞬間從社團洗手間到獨立廁所不奇怪嗎？她知道你們當年怎麼傷害李雪花，你也不覺得離譜嗎？」汪聿芃緊皺起眉，「別的不說，就現在我們在這裡就已經不對勁了啊！這些不是怪力亂神或胡說八道，是現實！」

朱邦易用力的深呼吸，童胤恒可以看得出他動搖且微顫著身子，再理智的人遇到這種況都很難鐵齒吧，所謂親眼所見，現在他們所見所觸都是眞實，還有什麼好辯的啦！

「教務主任跟吳主任的死法，你知道嗎？」童胤恒幽幽的說著，「或許你應該熟悉，是不是跟當年你們對付那個小女生一樣？」

朱邦易別過頭去，假裝聽不到也不想理他們，輕推了幾扇木板門，裡面空無一人。

「你眞的對自己的女兒下手嗎？」汪聿芃最想知道的是這點。

朱邦易依然不理不睬，他正在接受現實中，老吳他們的死他自然知道，所以他才想要離開這兒……早知道就不該回來，要不是小月居然背著他塡A大，他也不需要這麼麻煩。

「這個都市傳說，有什麼方式破解或是處理嗎？」他逕問他想知道的。

汪聿芃一點都不想講，別過頭往左邊那排洗手間去，一一推開門，發現這個廁所是蹲式馬桶。

「廁所裡的花子大部分是無害，關鍵在你以爲沒人的地方，其實潛藏著花子，才會回應你。」童胤恒一字字緩緩的說著，「但如果是你，我覺得花子應該非常想回應你吧……」

「我查過你們社團，你們熟悉些什麼傳說的，想辦法讓我們出去吧。」搬出老師的威嚴與命令的口吻，朱邦易喝令他。

「你還沒呼喚花子呢？」正推開門的汪聿芃面無表情的說著，「要不要喊喊看，她會不會回你呢？」

童胤恒聞言趕緊跑到她身邊去，拜託她不要在這裡叫花子！這算花子地盤吧！

他可不是在老師面前耍酷，而是他們根本不知道要怎麼離開這裡吧！

「無緣無故我爲什麼要召喚她！這是中二才會幹的事！」朱邦易可謂氣急敗壞，旋身就直往門口走去。

汪聿芃緊張的急欲張口，童胤恒立刻摀住她的嘴！噓！不要叫！

爲什麼？她噘起了嘴。

童胤恒搖頭暗示先不要召喚，她幹嘛那麼愛問花子在不在？要問也是要老師自己開口啊！

嘟咚，廁所大門未鎖死卻打不開，朱邦易費盡力氣扯著門把，想當然爾的封閉。

「這裡可是花子的地盤。」汪聿芃挑了挑眉，「怎麼可能讓你想走就走呢！」

是啊，童胤恒全身緊繃，花子的地盤……看看這綿延無盡的廁間們，他恐懼的是如果同時間兩邊都衝出幾十個花子，那他們該怎麼辦？

朱邦易本背對著，放棄的鬆開手，從容的轉身面對他們，方型眼鏡下的眼神如此清明，那就是一種冰冷與殘虐。

「我不明白爲什麼會有這種事，但我也不是很在意……學生就是天眞，你們做這些對你們有什麼好處？三十年，追訴期早就過了。」他一派閒散的將雙手插在褲袋裡，這讓童胤恒謹愼的把汪聿芃往後藏，「而且沒有任何證據，你們硬要鬧，我就說你們誣告就好了。」

「我們不需要拿三十年前的事做文章啊。」汪聿芃輕鬆的回著，「你有沒有想過，說不定我們只想保護朱佳月，並不想管三十年前發生什麼事。」

至少朱佳月現在是活生生的人，可以直接指控他！

「哼……呵呵……一個精神異常的人胡言亂語你們就信了？你們不知道小月看了多少精神科醫生吧？沒有人會信她的。」朱邦易說得得意自滿，「我依然是個學富五車、受學生愛戴的歷史老師，她卻是個精神錯亂的女兒……」

「老師，花子在意就夠了。」童胤恒看著朱邦易，覺得心寒。

他到現在都還沒有搞清楚嗎？這一切，是因爲廁所裡的花子在意啊！

『嘻……嘻嘻……』外頭突然傳來孩子們的嘻鬧聲，這反而讓如驚弓之鳥的他們嚇得往聲音來源望去。

小孩的聲音？是女孩子們，在外頭奔跑嘻笑，聲音越來越近……越來越近——直到有人握住了洗手間的門把！

喀喀！門是鎖住的，外面的女孩打不開門！

『咦！怎麼打不開！』砰砰砰，伴隨著拍門聲！

朱邦易臉色刷白，二話不說立刻旋身，往前跑沒兩步，找間廁間就躲進去了！站在外頭發傻的汪聿芃跟童胤恒呆看著老師躲起來，那撞門聲更加激烈，童胤恒趕緊也就近推著汪聿芃往身邊的廁間裡推去！

進去啊！他攫著她上臂往裡推，她還在那邊問爲什麼！

「不是，不問問嗎？」她覺得應該可以TALK一下的！

「問妳個頭，這是花子的地盤好嗎！」童胤恒推她進去，倏地把門給門上。

「可是，」汪聿芃上前揪緊他的衣服，「躲在這裡不是更可怕嗎？」

咦？童胤恒看著這一小方天地，他們在窄小的廁間裡……可是，他發著抖看向汪聿芃，不躲這裡難道要在外面直接面對未知的事物嗎？

他緊閉上雙眼，將汪聿芃往角落擱著，自己則擋在她面前，死盯著門把看，摀住口鼻，聆聽外面的動靜。

眞可怕，他的大手都在抖，掩住口鼻後，可以聽見自己跳動迅速的心跳聲，撲通撲通撲通撲通。

被他半壓著的汪聿芃雙手都抵著他後背，她沒有非常恐懼，因爲她想知道……想知道現在他們在哪兒，還有花子呢？花子如果希望跟老師見上一面，那爲什麼到現在還沒有出來？

咿……門開嚕了！兩個學生都僵直身子，感受著最右邊那廁所大門打開的聲音。

腳步聲響起，先是洗手的聲響，這裡的水龍頭還眞的可以用啊！水聲嘩啦，一切如同眞實世界般自然。

腳步聲停頓幾秒後，往裡面走著。

朱邦易也在廁間裡屛氣凝神，這裡這麼多間，總不會硬要來敲門吧？他剛剛躲進去時也非常留意，這不是第三間，而是第……八或九吧？

反觀都市傳說社那兩個學生眞傻，他們就近躲的就是第四間，太前面了。

聽起來只有一個人，汪聿芃已經打定主意了，萬一有什麼事，她就喊花子試試看，說不定……

『朱老師，你在嗎？』

——什麼——

第十二章

你在嗎？

瞬間，童胤恒覺得血液都褪去了，他雙眼發直的瞪著木板門，這是什麼？

汪聿芃跟著發傻，得咬著唇才不會驚叫，現在是誰在呼喚誰啊！

躲在廁間裡的朱邦易，與在外面的花子——角色互換了！

『你在哪裡呢？嘻……』女孩的聲音太輕快，輕快到童胤恒雞皮疙瘩都竄起，『躲好了嗎？』

朱邦易雙腳瞬間一軟，幸好及時扶住牆才沒跪上地，那個聲音……他記得！事隔三十年仍難以忘懷的聲調，問他躲好了嗎。

這，不是當年他們在廁所堵她的情況嗎？

老吳確定她落單進了廁所，他們才進去一間間找她的。

砰！女孩像是推開了第一道門，就在童胤恒他們的對面那排，汪聿芃緊縮起身子，揪緊童胤恒的衣服，而他的拳頭握得更緊了，得把細胞跟神經繃到最緊，才不至於失控啊！

『沒有啊……』失望的聲音傳來，『下一道喔！』

足音旋身往他們這邊來，童胤恒左顧右盼，這廁間裡除了垃圾筒外也沒別的武器了，等等花子要是殺進來他們怎麼辦啦!?

不對，爲什麼要對付他們啊!?

砰！又一聲門板撞擊牆聲響，汪聿芃整個人都跳了一下，臉埋在童胤恒的後背時，牙齒咬住手掌，壓抑住尖叫聲。

童胤恒這才驚覺到他們太前面了，他們根本在第四間吧？朱老師躲藏的位子遠多了，應該在對面那排後面十間左右，這樣來回搜尋，根本是他們先倒楣吧！

快點想！他閉上雙眼思考著，關於廁所裡的花子裡，有什麼是可以破解的？商量？聊天？不是啊，他幹嘛走汪聿芃模式啊！

花子只是個在廁間裡回應的女孩而已，平常也很少做些什麼啊！

『你能躲到哪裡去呢？這洗手間多大？我遲早會找到你的！哼。』輕蔑聲音在女孩推開對面第三道門後響起，『躲好了嗎，朱老師。』

第三道了！童胤恒向後退，緊壓住汪聿芃，如果……花子硬推開門，他可以上去先擋住她，然後汪聿芃說不定能趁機逃出去，她跑得這麼快，廁所大門又已經打開，她是可以逃出去的！

他立刻回頭，朝汪聿芃指向大門，她抬起驚恐的眼神望著他：什麼意思？要我跑？

童胤恒點點頭，跑。

她跑？那他呢？汪聿芃皺起眉心，不行，沒有這種事……他們跟花子無怨無仇，也不該有觸犯到都市傳說的部分。

聊聊，既然花子好幾次都想跟她聊聊，說不定這次可以——砰！

汪聿芃嚇得埋進了童胤恒的背裡，聽著巨響在他們左手邊響起，連童胤恒也愣住了！他連防禦姿勢都已經備妥……但是，花子打開了他們隔壁間，第五間的門。

她跳過了。

冷汗瞬間飆出，童胤恒差點就站不穩得軟腳，身後的汪聿芃趕緊環住他的腰際攙住他，靈活的眼珠子往左邊瞟去，花子跳過了他們的廁間耶。

沒有期待中的尖叫聲，朱邦易開始覺得發寒。

這氛圍不對勁，他只能困在這小小的方間裡，面對不知名的東西，離譜的都市傳說，什麼廁所裡的花子，這些根本不該存在的事物，然後陷入三十年前那個沉悶的黃昏。

他們也是這樣一間間找著李雪花，明明一看就知道她躲在哪兒，嘻笑著一間間推開門，爲的只是要增加她的恐懼感！因爲她只是個十歲的小女孩，她什麼都不知道，伴隨著壓力的累積，就能逼她進絕境……那是一件非常有趣的事啊。

『她其實什麼都沒看見，你知道嗎？老師。』女孩的聲音幽幽的，帶著點嘲

弄，像是對自己的嘲弄。

她？汪聿芃一愣。

聽著聲音逼近，朱邦易趕緊將手置於門把上，緊緊拉住。

滾！什麼廁所裡的花子！他不想相信有這種事！都這麼多年了，什麼鬼呀亡靈或是都市傳說，怎麼會現在才出現？

而且，哪有都市傳說這種東西啊！

這該不會是這些學生設計的吧？不！他們不會知道當年的事，那是他們的祕密，老吳、老張都已經出事了，剩下的是老孫？會是老孫嗎？他那天並沒有進來，何以會知道得這麼鉅細靡遺？

但，那也不該是小月能知道的！

咚咖！震動從同一扇門傳來，朱邦易驚愣的扯住門把，她在外面！

喀喀喀，門的震動聲傳來，童胤恒知道她在哪兒了！他們雙雙咬著手掌不讓自己叫出聲，只敢聆聽著動靜。

『打不開打不開……』花子輕快得像哼歌一樣，『最好不要打開對吧？』

朱邦易死命拉著，到底是人是鬼!?

『老、師，你躲好了嗎？』女孩的音量漸大，『不要再傷害下一個女孩——』

唰——女孩輕而易舉的握著外側的門把，一眨眼就把整個門拆了！

「哇啊——」木板被卸除的聲音與朱邦易的大吼聲同步傳來，他根本拉不住門，整個人因反作用力向後踉蹌的倒在牆邊！

他與女孩之間毫無遮掩，就這麼面對面。

「妳……」朱邦易的聲音錯愕至極，「是誰？」

咦？斜對面的兩個學生立即面面相覷，不是李雪花嗎？總不會殺了人家就不認得了吧？

汪聿芃立刻撥開童胤恒，她想要看看，這表示外面那個是貨眞價實的花子啊！

等一下！童胤恒更快的擋住門子與手把，用力朝汪聿芃搖頭，他不覺得現在跑出去是一件好事，而且……廁所裡的花子這個都市傳說裡，從來沒有人見過花子啊！

他總覺得，沒見過……有不該見到的原因。

『朱老師好。』站在朱邦易面前的女孩，他可以百分之百確定不是那個李雪花，是他從未見過的女孩。『懷念這間廁所嗎？』

朱邦易有一種被耍弄的感覺，但卻又不敢貿然往前。

「這是在整人嗎？妳跟都市傳說社在玩什麼遊戲？」朱邦易不悅的警告，「做事不要太過分！」

『老師在廁間裡做的骯髒事實在太多了，讓人實在不太高興。』女孩的口吻變了，童胤恒趕緊拉開汪聿芃的手，聽見了嗎？

那個女孩在生氣，聲音低了八度。

「妳剛進來時把門打開了嗎？讓開，我要出去！」朱邦易喝令著，「我要帶小月回家，我沒時間跟你們閒耗。」

他深吸了一口氣，直接踏出了廁間之外！

步伐聲離開了廁間，下了那一級的階梯，甚至往門邊走去了！汪聿芃張大了嘴，指著右手邊，朱邦易要走了？這怎麼可能!?

『不能放過她嗎？』女孩回身，突兀的問，『一定要這樣折磨她嗎？』

朱邦易遲疑的止步，「誰？」

『你不會罷手的，我知道……』女孩瞇起了眼，『三十年前我就知道……』

走！朱邦易立即往前衝，使勁的把大門拉開——咦！不動！

尚未來得及反應，右肩突然一個重擊，一隻手扣住他肩頭，直接往後拋扔——這怎麼可能!?

砰乓——重物撞擊聲響亮，整間廁所都在震動，汪聿芃嚇得蹲下身子，童胤恒趕緊護住她！

兩個人立刻遠離門邊，縮到角落邊去，剛剛那是……有人撞破木門的聲音，聲音層層疊疊，是老師撞破了好幾間門嗎？

「啊……啊……」朱邦易痛得動彈不得，他被甩得老遠，甚至撞進了廁間裡，撞破了幾道門他也不知道。

他只知道痛，痛到他全身都動不了！

『總是該換人玩玩看了。』女孩低低的笑了起來，『喜歡嗎？老師……這是沒有辦法的事——如果不殺掉你，會毀掉她的未來。』

似曾相識的句子，朱邦易依稀記得，當初爲了讓李雪花封口，他們憂心的是自己的職涯，那道德應該崇高的老師職位……怎麼能容許戀童癖好的他們！

女孩在中間的空地上跳舞著，童胤恒可以聽見她就在附近繞，卻不知道她想幹嘛，這種等待與靜寂只是令人緊張而已。

而不時摻雜著朱邦易的呻吟聲，他摔得不輕，躺在廁間地板的他很努力的想起身，頭往左吃力的轉過去，就發現他旁邊就是便盆，而便盆裡，竟緩緩的伸出了一隻手。

咦？

「哇……哇啊！」他嚇得撐起身後移，那是什麼東西!?

染滿血的小手從便盆裡竄了出來，朱邦易連滾帶爬的滾出廁間外的階梯，摔到了外頭的地板上。

那隻手整隻伸了出來，撐著地板，跟著鑽出更多其他皮開肉綻的部分……那裂開的傷口，外翻的皮膚與肌肉組織，那濡滿鮮血的頭顱——

從那小小的便盆裡鑽了出來。

他該認得那張臉的，即使滿臉是血，他也不可能忘記她的死狀！

「李……李雪花？」他對她最後的印象，就是一塊分割的肉塊。

被胡亂切割開來的模樣，一塊一塊……

李雪花！

汪聿芃狠狠倒抽一口氣，童胤恒趕緊摀住她的嘴，兩個人瞠大驚恐的雙眼，不敢相信外面有兩個花子嗎？

『老……師……』小身軀從便盆裡爬了出來，隨之而來的是從裡頭湧現的鮮血，『好痛……』

朱邦易以手代腳拼命向後移，「不……不可能！妳走開！妳明明已經——」

『我什麼都沒看見啊……』女孩踩在血裡，啪啪啪的傳出水聲，『我什麼都沒看見……』

「好，好！妳沒看見！妳沒看見！」朱邦易搖著頭，「太扯了，是妳嗎？是妳殺了老吳他們？」

剁剁剁，鮮血如湧泉，拼命湧出便盆，溢流一地，這聲音汪聿芃與童胤恒都熟悉，那晚在科學驗證社驗證時，他們都在男廁裡見過也聽過。

女孩歪斜的走了下來，朱邦易拼命向後移動，只得到一手黏膩的鮮血，滑得讓他無法俐落行動。

『老師，你躲好了嗎？』

「哇——妳不要碰我！不要碰我——」下一秒朱邦易的慘叫聲旋即響起，緊接著是重大的撞擊聲：砰！

那聲音聽來令人膽寒，像是有誰的頭或是身體撞擊牆壁的聲響，還伴隨著慘叫聲！

「哇啊——啊——」朱邦易的聲音瞬間變得虛弱，汪聿芃與童胤恒靠得更近了，他們簡直已經抱在一起，兩隻腳打顫得厲害！

聽見了嗎？朱老師被拎著去撞牆了啊！

朱邦易連動都動不了，他摔在紅色的血泊裡，頭痛欲裂卻又天旋地轉，他是被直接甩上白牆的，被……還沒回神，那強大的力量再度抓過了他的腳踝——

「啊——」

喊不出聲，他只感覺自己騰空飛起，像是在空中轉了幾圈後，重重摔進了其他廁間！

咚磅！整排廁間都在震動，尤其是在他們旁邊！童胤恒立刻抱住汪聿芃，灰塵與天花板落下，老師在他們這排！

道歉啊，老師！廁所裡的花子有某個版本，是只要對花子說「對不起」，她會回答你「沒關係的」！

你姦殺了人家，好歹道聲歉啊！

朱邦易的頭撞擊到台階邊角，根本失去了意識，小女孩蹣跚的走向他，猶疑的站在他腳邊看著。

『這是必須要做的事喔！』聲音更稚嫩的女孩說著話，汪聿芃跳出食指指著門外，她在他們門口！

李雪花點點頭，用殘破的小手拉過了朱邦易的褲管，在血裡在地上拖曳著，那聲音好明顯，某個人被拖過一灘血水的聲音，但聽起來毫無阻礙，他的體重對

李雪花而言從未是難事。

咿，有某扇門被推開了，幾乎就在他們的對面！

童胤恒飛快的比出一個三，指向右斜前方，因為他們在第四間，而聲音來自對面的第三間！

汪聿芃用力點頭，三番目的花子啊……

「啊……」朱邦易喉間逸出痛楚與清醒，「啊啊……對、對不起……」

來了！學生僵硬身體靜待下一步，老師道歉了，如果按照傳說，花子應該要回——

『來不及了。』

鮮血淋漓的李雪花冰冷的望著朱邦易，當初她在慘叫告饒時，好像也沒有人聽過她說話啊！

她冷不防的抓起朱邦易的頭，狠狠的就往便盆上敲去，咚！

汪聿芃嚇得顫跳身子，那是什麼聲音？

「啊——哇——」朱邦易大聲慘叫，瞬間變成虛弱的哀鳴，接著就幾乎沒有叫聲了。

可是……那咚、咚、咚帶有迴音的聲響，卻接連不斷的傳來——童胤恒不知道爲什麼，覺得怎麼聽……

他看向他們腳邊的便盆上方，好像是拿頭去敲擊的聲響。

鏘！在某個瞬間，他們聽見了彷彿裂綻的聲音。

敲擊聲也開始不同，從咚咚，變成嗡……最後好像聽見有些什麼黏濡的聲音，沾著敲擊。

好像，是誰的頭被砸爛了，但某個人還不願鬆手似的。

時間緩慢流逝，簡直像是度日如年，童胤恒抱著汪聿芃蹲踞到腳都麻了，他們依然縮在廁間裡低著頭，不敢抬頭看也不敢出聲，汪聿芃兩眼緊盯著便盆，深怕有什麼東西鑽出來似的。

外頭再也沒有任何聲響，除了不止的水聲外，沒有淒厲的慘叫、沒有哀鳴，再也沒有「花子」的聲音。

說不定，童胤恒繃緊著神經，說不定花子正攀在門板上，由外頭吊著俯看他們，只是他們沒有勇氣抬頭而已。

驀地有嘈雜聲傳來，緊接著是腳步聲與叫嚷聲。

「在哪裡？」

「不知道，就只看到他們在這裡不見！」

咦？陳偉倫的聲音！

「童子軍！童子軍！」陳偉倫高聲喊著，「汪聿芃！」

抓他雙臂衣袖的汪聿芃戰戰兢兢的抬頭，這是眞的嗎？那是同學的聲音？

童胤恒痛苦的皺眉，他不知道，就剛剛所聽所聞，他沒有那個勇氣亂猜了。

眞沒想到，他也有這麼做的一天。

童胤恒大大的做了一個深呼吸：「花子，妳在嗎？」

鴉雀無聲的一片靜寂，什麼聲音都沒有，汪聿芃鼓起勇氣大膽的仰首，有什麼攀在上面也就認了！

不過天花板什麼都沒有，而且因爲抬頭，她發現到門板曾幾何時不再是木板門了！

是學校平常那深藍色的門！她拉著童胤恒指向門，他也詫異的發現到似乎跟剛剛有什麼不一樣了。

只是他還在等，等待花子該有的回應。

「我好像聽見童子軍的聲音耶。」陳偉倫擰眉，「你們剛剛有聽見嗎？」

陳偉倫就站在男廁外頭，感應燈啪的亮起。

「眞的嗎？」康晉翊焦急的趕來，「童子軍！」

「他好像在問……」小蛙謹慎的說著，「花子在嗎？」

才要推開門的康晉翊倏地凍結，這一聽完全不敢推開門了，他朝左手邊的小蛙看去，話說快一點啊！

「開門哪！」康晉翊身後傳來一個陌生的女人聲音，焦急異常，「我丈夫是不是也在裡面？」

簡子芸趕緊上前拉開女人，「師母，您等等，現在不知道裡面的狀況，不好貿然進去，我們先等同學確認一下。」

大家剛剛跑出來在找童胤恒跟汪聿芃時，遇到了也在找人的女人，她聽見他們在喊朱老師所以才跟過來的。她是朱佳月的母親、朱邦易的妻子。

朱佳月由于欣看著，也要等警察來，她哭得一發不可收拾，而且連站都站不起來，情緒完全潰堤。

「確認什麼啊？」師母急得想進去，「小月也在裡面嗎？她只是來還作業而已！」

「裡面可能有花子，等等！」康晉翊立刻攔下她，「廁所裡的花子！」

師母皺著眉，她看著康晉翊的背影，看向簡子芸，「你們是在說……」

『……』

細微的聲音傳來，但卻不是來自廁所，師母倏地回頭，看向空無一人的大道。

「花？」

「對，花子。」簡子芸敷衍的說著，緊張的等待裡面的動靜。

童胤恒拉開了門子。他們兩人戰戰兢兢的拉開門，觸目所見是驚人的血跡斑斑，整間洗手間裡到處都是可怕的飛濺血跡。

他們處在那迷你的男性廁所，唯有的兩個小便斗已經被打落在地面，碎裂且上有血跡，水聲是從這邊傳來的，因為管線破裂，而隔壁那間廁間外頭也血跡斑斑，他們沒敢踏出，想也知道隔壁可能有什麼。

「社長！」童胤恒喊了出聲，「報警！」

「是童子軍！」康晉翊喜出望外的推開門，「童子軍！汪聿芃……」

「不要進來！」他趕緊大喊，「千萬不要踏進來！」

大門一推，往右一瞥，恰好正面對著站在廁間門口的童胤恒與汪聿芃，他們挨在一塊兒，連廁間外那台階都不敢下。

康晉翊瞠目結舌的看著洗手間裡的慘狀，立刻退後將門帶上。

「剛就已經報警了！已經快來了！」康晉翊回應著，「你們再等等。」

「裡面是怎麼回事!?邦易!老公!」師母急著要進去，康晉翊趕緊回身擋下她，「走開啊!走……」

「師母，裡面是命案現場，妳不可以進去!會破壞現場的!」康晉翊朝陳偉倫使著眼色，他也上前幫忙拉住師母。

「什麼……命案?」師母錯愕得腳軟，「是誰!?老公!我老公沒事吧——老公!」

站在師母左後方的簡子芸蹙眉與康晉翊對上眼，朱邦易呢?

康晉翊略微搖頭，他沒看見，但是……童子軍隔壁那間廁間裡滿溢著鮮血，多到都流出來了。

「師母，我們先到旁邊去……」警笛聲已然逼近，警察來了。

「你們對我老公做了什麼!?啊啊……哇啊啊!」師母完全站不起來了，嗚哇放聲大哭。

「那妳知道，」簡子芸攙起師母，附耳在旁，「妳老公對妳女兒做了什麼嗎?」

師母瞪大了雙眼，驚異的看向簡子芸。

在廁所裡的學生心跳得好快，童胤恒完全攙著汪聿芃，這傢伙召喚花子跟跑步時都一馬當先，現在卻整個人依在他身上，連站都站不穩的在這邊發抖。

有夠後知後覺！

「妳這樣很重。」他咕噥著。

「好可怕……」她居然在啜泣，「我覺得剛剛……萬一……」

童胤恒忍不住皺眉，「這個可怕跟萬一，應該要早點想吧！」

汪聿芃閉上雙眼，搖著頭順便甩出點淚水，忍著鼻酸抽抽噎噎，「花……花子，妳還在嗎？」

「汪聿芃！」

爲什麼要趁他們不能離開時喊啦！

尾聲

歷史系的朱邦易老師慘死在那小小的男廁，死狀甚至比吳主任淒慘，但章警官對照了當年泛黃的照片，與李雪花的死狀倒有八九分類似……扣掉完全敲爛的頭顱。

至於在隔壁廁間的學生一五一十的陳述，他們從頭到尾什麼都沒看見，只是聽著撞擊聲，等到再打開門時，已經是滿室血腥的廁所了。

朱師母哭得淒絕，直指童胤恒跟汪聿芃一定有問題，警方表明均會採證，兩位學生也列爲嫌疑人，但是沒有直接證據，畢竟這兩個人身上一滴血都沒有，所以不需羈押，只希望可以隨時配合。

對於汪聿芃所指稱關於李雪花的案子，因爲早過了追溯期，所以不管指稱誰有罪都已不是重點，況且……依照他們所指，當年姦殺李雪花的人，似乎沒有一個人在世了。

而朱佳月向警方道出了一切，她從有記憶以來便是父親的禁臠，任其蹂躪取

樂，而她的母親不但沒有保護她，還要她配合，恐嚇她一旦說出去，她只會被外人視爲骯髒的賤貨而已，唯有家才是她的避風港。

朱佳月從小被如此對待洗腦，只有隱忍，唯一想反叛就是利用考大學之際塡寫遙遠的A大，誰知道父親能神乎奇技的立即調職，繼續掌控她。

而她情緒穩定後，也對都市傳說社員說了驚人事實：是花子叫她去宣傳遇到花子事件的！

那天，她一開始眞的以爲是變態，但後來聽見回應後，還有下一句：『妳想自由的話，就去宣傳在廁所遇到怪事了！』

她覺得詭異更半信半疑，但還是照做了——爲了自由！

爾後吳志木因爲知道是她掀起花子事件，便找了朱邦易談，她才會被勒令休學！

「以前校園就無邊界，那時青山小學的學生也喜歡趁機偷偷跑到當年的A專玩，午休或是放學都會，幾個戀童癖的混帳就會利用那時找學生下手，小學生都天眞不懂世事，威逼利誘，總會有幾個到手。」章警官看著孫警衛的筆錄，他人是活下來了，但精神受創極重，一清醒就嚷著要自首，「李雪花就是目擊到朱邦易跟某個學生交歡，孫警衛說後來有風聲傳開，說有老師對學生下手，不管國小或是A專都開始認眞對待，想查明究竟是誰，被侵害的是A專或是小學生，事情正要鬧大時，就被李雪花的死掩蓋掉了。

「因爲死狀太慘，被歸於變態下的手，變態可能已逃亡，大家也就被轉移焦點了。」康晉翊理智的分析，「轉移焦點，一直是主任們的強項。」

刻意殘虐的殺死那個小女孩也是爲了如此，就像教唆科學驗證社來挑戰他們一樣。

「是，這也很有效，自然沒人再提這件事，而且……朱邦易在李雪花事件後，就自願請調離開青山國小，而張文宏與吳志木主任則繼續留職，直到當上主任。」這點查他們的經歷都查得到，章警官對朱邦易有些許佩服，「而這位朱老師卻最後能一直進修，直到當上大學教授，其實很不容易。」

「不過金玉其外敗絮其中。」簡子芸幽幽的下了註解。

外面是道貌岸然的好老師，回到家卻是姦淫親生女兒或是找小女生下手的爛貨。

「好吧，今天是要跟童胤恒及汪聿芃說，你們的嫌疑已經解除了，沒有你們涉案的證據……要把一個男人的頭顱敲到變成爛泥，也不是你們能做到的。」章警官蓋上文件，「然後，花子呢？」

花子？從那天之後，就沒有再出現了。

「不管哪裡都沒有動靜，獨立廁所裡也不再有回應，一點點異狀都沒有。」康晉翊語氣裡還是難掩失望，「她好像是出來料理教務主任他們，處理完就走了。」

「我原本以爲花子就是那個受害小女生耶！」小蛙才覺得不可思議，「結果童子軍說有兩個花子！」

「花子是都市傳說，她又不是鬼。」汪聿芃噘起嘴，「我覺得這是挺合理的，花子只是幫李雪花出個頭罷了。」

「眞好，有都市傳說幫忙出頭，嘖。」童胤恒滿是無奈，「章警官，朱佳月同學呢？她還好嗎？」

噢，提到朱佳月，章警官就流露憐憫之情，可憐的女孩，十幾年來的地獄，她要走的復原之路還很長很遠。

「社工已經介入了，她也拒絕與母親共住，當然她母親也不具資格，而且其母也算強姦共犯，朱佳月已經對她提出告訴。」章警官往外瞥了一眼，「她今天到案說明，聽說完全不覺得自己有錯，對她而言，丈夫才是最重要的。」

「太噁心了吧！讓自己丈夫對自己女兒下手？」簡子芸聽了就渾身不舒服。

「朱太太還在咒罵女兒呢，覺得是女兒害死了朱邦易。」章警官雖然覺得離譜，但也不到匪夷所思的地步，「這當中我還發現一件巧合。」

咦？學生們亮著雙眼。

「當年李雪花案件發生時，不管是青山國小或是A專留校的老師都要接受調查，而李雪花的導師因爲有學生證實他在進行課後輔導，所以有充足的不在場證明，完全沒被列爲疑犯——」章警官緩緩掃視著眼前的學生們，「而朱太太，與朱邦易相差了十四歲。」

童胤恒瞬間瞪圓了雙眼，「做證的是……朱太太？」

章警官微微一笑，「一模一樣的名字，叫劉秀玲，我看見她名字時有些熟悉，才發現是當時的小證人，朱邦易當時在教她數學，所以不可能在A專殺死李雪花。」

「僞證……」簡子芸簡直不敢相信，「她幫老師做了僞證，長大後再嫁給了老師？生下朱佳月？」

汪聿芃握緊了雙拳，「李雪花差點看見的，會不會就是他們？」

朱邦易跟十歲的孩子們在A專玩四腳獸，總不可能在國小裡的廁所做，而愛亂跑的李雪花發現了，他們誤以爲被瞧見了……所以朱邦易要滅口，而朱太太自

然也要幫著老師，因爲她也怕被看見了！

「有可能……只是爲了這樣就滅口，太詭異了。」康晉翊不解的蹙眉，「不對！是因爲有風聲，所以老師們才起殺機的。」

「這種事情除了當事者誰會知道！」童胤恒覺得哪裡怪怪的，「更別說，李雪花從頭到尾都沒有看見朱邦易跟現任朱太太啊！」

如果沒看見，自然根本不知道那天廁間裡正在進行什麼事，又怎麼會有老師孌童的事情傳出？再退一萬步說，吳主任或是教務主任都是同樣癖好的人，誰會傳這種話啊？

太詭異了，連風聲的興起都令人難以理解啊……

學生們禮貌向章警官道謝後，陸續離開警局，只是在外頭的長廊上，遇見了憔悴的朱太太。

一見到他們，凌厲懷怨的雙眸就瞪了過來。

「我眞不懂，身爲母親怎麼能坐視女兒被老公姦淫!!」簡子芸用了很重的詞，她討厭死這女人了。

劉秀玲不語，面無表情的看向前方。

「朱佳月說她有記憶以來就是玩物了，她哭喊著救命時妳都無動於衷嗎？」

童胤恒也跟著趨前，「妳怎麼能這麼狠心……而且妳如此愛著老師，又怎麼會忍受他跟別的女人相好？」

劉秀玲驀地瞪向童胤恒，因爲他說中她的心頭刺。

「我恨小月，我恨死她了！爲什麼我要生一個跟我搶男人的賤貨！」劉秀玲低聲咆哮著，「但是我能怎麼辦？老師就是喜歡她，我只有表現出大方，老師才不會不要我！」

畢竟比起來，小月還是比她年輕啊！

完全無法理解劉秀玲的心態，康晉翊推著簡子芸往前，跟這種女人無法溝通的。

汪聿芃跟在後面，心裡有著難解的疑惑。

「師母，被李雪花發現在做愛的是妳跟老師嗎？」再一次問得直接，劉秀玲瞠目結舌的看向她。

「妳……妳在說什麼！我聽不懂！」這心虛的口吻，不敢直視的眼神，好像給了答案。

童胤恒拉過了汪聿芃，虧她問得眞直白，老實說，現在知道這種事也於事無補了不是嗎！至少朱佳月脫離了地獄，也開始心理治療，終於獲得屬於她的

人生。

而當年那些變態，也被花子處理了。

「哼！」簡子芸不屑的哼了聲，被康晉翊半推著往外去，小蛙眞想對劉秀玲吐口水，但這裡是警局他不敢。

一行人離開警局回到校園，到這一刻才有豁然開朗的感覺。

「回去要好好寫一篇廁所裡的花子！」康晉翊看向簡子芸，「就要麻煩妳囉！」

「那有什麼問題，這是我們第一次遇到貨眞價實的都市傳說呢！」她眉開眼笑的，相當雀躍，「不過都市傳說還眞可怕，眞的每次出現都伴隨人命。」

「這次的都市傳說針對性很強呢，原來花子不等於那個李雪花啊……」小蛙一直跳脫不出來，「你說，明明就是針對殺死李雪花的人，爲什麼這麼多年來不動手？突然現在要幫李雪花出頭了呢？」

「因爲花子不是要幫李雪花出頭，她是想守護朱佳月吧。」由後走來的童胤恒從容說著，「一切繫之於朱佳月，她的痛苦李雪花明白、花子也明白，或許只是想要單純的守護她而已。」

「花子的都市傳說一直沒有很可怕的事情，而且又很愉快的回答學生們……」

汪聿芃歪了頭，「說不定，花子其實是小孩的守護者。」

不管回答的是花子或是李雪花，都強調了一點——一直都在。

無論是都市傳說、花子或是李雪花……甚至是當年骯髒噁心的壞人們，一直都在。

要報復的話這三十年來多的是機會吧？就算朱邦易人不在A大，至少教務主任跟吳主任都能出手，而且廁所是互通的不是嗎？對區區花子而言，要追上朱邦易算得上什麼難事？

所以從頭到尾都不是什麼復仇的戲碼，其實是守護。

花子想守護的人，是朱佳月。

那個也慘遭魔掌、從小被性侵到大，叫天不應叫地不靈的可憐女孩，當她進入當年那間廁所開始，花子就決定要守護她。

或許當年她沒能守護到李雪花，所以這次要守護朱佳月。

記得當他們躲在廁所聽著朱邦易慘叫時，花子曾經對朱邦易說：『如果不殺掉你，會毀掉她的未來。』

這句話就再明顯不過了，他不死，朱佳月就無法獲得自由。

「貞玄，如此變態噁心，連都市傳說都看不下去。」康晉翊挑高了眉，咎由

自取。

「所以我們也該幫花子平反一下囉！」小蛙亮了雙眸，「說不定，花子是守護者呢！」

一群人熱血非常的回到社辦，童胤恒說有東西要拿去去就回，其他人先行回去，結果卻在門口看見了意外的訪客。

康晉翊立即拉下臉，沒好氣的瞪著他，簡子芸則去打開社辦的門，白眼翻了兩圈。

「有事嗎？」小蛙率先登場，「我們沒打落水狗已經不錯了喔！」

蔡志友跟幾個科學驗證社的社員在他們社辦門口，幸好今天是沒在錄影照相。

「兩個社團沒什麼好尬的，各自經營就好，好嗎？」康晉翊話說得很平和，但眼神是睨著蔡志友的。

「別那麼凶，你又不是不知道……我們那時是被逼的！」這會兒說得多委屈，「要不然我們無緣無故幹嘛找你們麻煩啦！」

「被逼的？我看你們數落得很開心啊！」小蛙冷哼一聲，「走開啦，不要再來找麻煩了！」

「你們如果不敢上廁所的話不要擔心，花子暫時不會怎麼樣啦！」汪聿芃打量著他們，他們笑到誠懇得好可怕喔！

童胤恒拿著東西跑回來，一下就看見了科學驗證社的人，立即防備起來，「喂！有完沒完啊！……陳偉倫！」

「你們不要這麼凶嘛！聽聽我們社長怎麼說啊！」陳偉倫也在其中，趕緊向童胤恒擠眉弄眼。

「我們是來道歉的！」林皓卉超有禮貌的一鞠躬，「很抱歉之前對你們做那樣的事。」

「我們很抱歉——」一群人齊聲敬禮，反而讓康晉翊起了股惡寒。

他回頭看向小蛙，勾勾手指暗示大家快點進去，這莫非是黃鼠狼給雞拜年，沒安好心眼？

童胤恒沒在怕，他手上抱著「都市傳說社」的招牌，清洗後噴上保護漆，也風乾完畢，正要掛上招牌呢。

「哎呀！這種小事我來就好了！」蔡志友一看見招牌，立刻伸手要接過。

童胤恒倏地收手，「你幹嘛？」

「我們社團的招牌這麼重要，我幫你掛吧？」他眨著眼睛。

「誰跟你我們……咦？」童胤恒一怔，錯愕的看向康晉翊——等等。

「我已經不是科學驗證社的社長了，我想加入都市傳說社可以嗎？」蔡志友獻上滿滿誠意，「大家也都……」

「我們也想加入都市傳說社！」又是一次齊聲。

哇喔！科學驗證社轉成都市傳說社，真是超大的轉變啊！

簡子芸疾速出現在門口，手裡拿著一疊卷宗夾，另一隻手捏著A4紙張，「入社申請書這邊塡喔！」

「哇喔！耶！」一票人就這樣進入了窄小的都市傳說社。

康晉翊還傻在門口，童胤恒好整以暇的掛上招牌，小蛙碎碎唸著也太誇張，但有新血是好事啦，拖著腳步走進去。

刻著「都市傳說社」五個字的木板招牌嶄新的掛上社辦外頭，康晉翊揚起滿足的笑容，或許規模不如以往，但他們喜歡都市傳說的心永遠不會變。

LINE聲傳來，康晉翊瞥了一眼手機，「對了！我剛跟章警官問了李雪花的墓，大家要不要找天去上個香？」

「在附近嗎？好哇！」童胤恒舉雙手贊成。

「唉，眞可愛的女生說！好可惜……」康晉翊望著手機搖頭，不由得感到悲傷，「你們看，這是李雪花。」

雖說只有大頭照，但還是可以看得出那稚嫩天真的……模……樣……童胤恒錯愕的看著那張照片，喉頭緊窒。

「汪聿芃？」他拍拍隔壁女生，她也瞪得目不轉睛。

「她不是……」汪聿芃皺起眉，「那天校外教學裡的中年級女生嗎……」

「什麼？你們見過？」康晉翊吃驚得圓睜雙眼！

「就是跟妳打勾勾說，如果壞人解決了，妳得告訴她的那、個……」

「雪華……」

媽呀！那個是李雪花？她是故意現身……給汪聿芃提示的嗎？壞人一直都在這件事？還是來試探他們的？

「哇……」哭聲驀地傳來，童胤恒錯愕的回頭。

汪聿芃雙手掩面的哭了起來，而且抖得好厲害！

「妳怎麼了？」童胤恒謹慎的問著，她居然哭了，「我知道現在回想有點嚇人，但是……」

「好可怕……我突然覺得……花子這樣殺人，好、好驚人！」她抽抽噎噎的說著，「而且在無人的廁所裡回應時，我心都涼了！」

童胤恒跟康晉翊說不出話，兩人面面相覷，現在是在演哪齣？

「汪聿芃，這是兩個星期前的事了。」康晉翊溫和的說著，「已經沒事了，警方也證明你們沒有嫌疑……」

「天哪！朱佳月就這樣被拉進去，我嚇都嚇死了！」嗚哇一聲，她竟開始嚎啕大哭！

童胤恒瞬間懂了。

「汪聿芃！妳不要太扯喔！兩個星期前的事妳現在才在給我害怕個頭！」

「嗚嗚啊啊啊……花子超殘忍的啦！」

心碎淚水不停滴落，女人抹去臉頰上的淚，她以爲早該哭出血了。

她這輩子最愛的男人、老師……竟然就這樣死了！

那屍體連認屍都做不到，因爲他的頭顱都碎了……警方說還在追查凶手，但線索很少，只能盡量。網路上說，她的丈夫是被「廁所裡的花子」殺死的……

而那群學生說，廁所裡的花子，說不定就是三十年前那個死在廁所裡的李雪花。

劉秀玲吃力的站起身，把折得整齊的襯衫放進衣櫃裡，她拉開抽屜，看著男人折疊整齊的衣褲，不禁又悲從中來，腿軟跪地的伏在那兒痛哭失聲。

「爲什麼死的不是小月？爲什麼要是你？老師！」

最該死的，永遠是跟她搶老師的女人啊，就算是女兒也一樣！

小月……她從小就奪去老師對她的愛，因爲她沒有女兒那麼小……原本以爲小月長大後老師會不再那麼寵愛她，但老師卻認爲小月是他創造出來，這輩子只屬於他的東西！

她多希望小月死掉！

就像當年……那個不該存在的人一樣。

她一直很喜歡老師，當老師說喜歡她時，她簡直欣喜若狂，她願意聽老師的話，爲老師做任何事……她總是期待午休的約會，可是卻被李雪花破壞了！

她每天提心吊膽，多怕李雪花會把事情傳出去，這樣老師會被調離這裡、就要離開她了！

她問老師該怎麼辦？老師說，只要李雪花不說就好……但要是她敢說出去，就只能讓她永遠閉嘴了。

她不想戰戰兢兢的過日子，每次李雪花找她說話時，她都好怕她會突然提起

那件事……所以，她故意跟別班同學的媽媽說，聽說有人看見有老師跟學生亂來。

聽說、有人、是誰也不知道，說得好像她也是聽說一樣。

效果很顯著的越鬧越大，而且傳到最後跟原版完全不同，以前媽媽就告訴過她關於謠言的由來，她只是模仿而已。

終於，李雪花死了，老師要她保密、還要求她幫忙做不在場證明……爲了老師，她什麼都願意。

她可以等，即使老師調職了，她可以去找老師……老師總會開門讓她進去，好不容易熬到十八歲，她有了小月，終於可以跟老師結婚了。

結果，小月卻成了她下一個情敵。

「爲什麼死的不是小月？」她怒不可遏的抓起東西就往梳妝台砸，「花子！妳爲什麼要帶走老師？」

喀咚。

主臥房裡的浴室裡，傳來像洗髮精倒地的聲音。

咦？劉秀玲錯愕的抬起頭，擱在架子上的洗髮精，爲什麼會倒下？

腦海裡傳來了花子傳說。

不，一定只是風吹而已……她嚥了口口水，努力的站起身，不要想太多。

喀——啪。

乾濕分離的門開了！劉秀玲驚恐回身，那是門在軌道上推動的聲音——「花子？」

『我在。』

後記

拉炮！都市傳說第二部堂堂登場囉！

之前在粉絲專頁裡就曾透露，關於第一部角色不會再延續故事囉，同一批角色看了十二集會膩的，畢竟角色群的思想、行爲模式都太過熟悉，少了那麼點新鮮感，而且角色們會長大嘛，他們總不能會永遠待在學校裡，而且還很倒楣的一直遇到都市傳說啊！

況且在第一部第十二集的如月車站後，要他們再繼續面對都市傳說，我覺得是一種折磨吧。

至於爲什麼……以防有人現在是第一次看都市傳說，我就不暴雷嚕。

都市傳說能邁向第二部是極令人感動的，從不安的第一集開始，乃至於六、十二直至第一部完，到現在開啓第二部，都是因爲各位讀者的實際行動，才能讓故事繼續，也讓我們作者能寫下去。

第二部的大走向不會有太多變化，維持一貫單集便可閱讀，集數間並無強大

連貫性，唯主角群一樣而已；也不會有太複雜的故事，單純的就是說一個關於都市傳說的故事；各種版本的揉和，加一點我的幻想、加一點天馬行空、再一點超越常理的想像，不建立在任何正確、科學或邏輯上，這就是屬於笭菁的都市傳說。

第一部十二集以來，我想我最怕的是有天使認眞討論「合理」、「邏輯」、「都市傳說沒有道理」這些事情；尤其也有不少天使把「都市傳說」與「亡靈報復」搞混囉，例如「都市傳說」的出手一定要有理由、一定要有脈絡、一定要怎樣怎樣，否則不能傷害誰，不然就是不合理。

所以我決定第二部開始，每一集後記都來洗腦一下：「都市傳說」沒有來由也沒有原因、亦無一定的邏輯存在。它們的出現、傷人或是殺人，都並非定要有道理可循的，或許我的故事裡偶爾會出現類似的脈絡，那當然是爲了方便說故事，但「都市傳說」的「本質」，請大家千萬不要忘記。

本書裡新出現的「科學驗證社」，大概是以上的經歷後誕生的XD。

言歸正傳，我們來談談「廁所裡的花子」，花子有名我發現多半是來自電影，但其實她是個久遠而且家喻戶曉的都市傳說，並且是少數算「無害」的都市傳說之一。

版本多到族繁不及備載，我只參考了幾個，但是「廁所裡的花子」由來卻是一個比一個悲傷：有先天心臟病在如廁時病發過世的、有空襲警報時在廁所來不及逃出就被炸死的，有因爲找媽媽落空，反而遇上在學校的變態，被殘殺在廁所裡的。

關鍵都是死在廁所裡，那小小的空間裡，稚齡的孩子根本無從抵抗，只能任人魚肉。

而令人厭惡的版本有二：輕微版的是花子被自己的班導師虐殺，因爲她不小心撞見了班導師的祕密；重度版的是花子撞見班導上課時間喝酒，班導要她保守祕密，但是才五歲（好小）的她哪會明白，所以還是跟家長道出，導致導師被解聘。

導師回頭報復，趁她上課去上廁所時找她，導師刻意一間一間的踹開門，問著：「花子，妳在嗎？」，所以小女孩才會驚恐的拉住門，哭喊著「打不開」，因爲她怕門被打開。

最後，她被發現陳屍在廁所裡，生前被導師姦殺，受虐過程中還被灌食農藥，死得相當痛苦。

或許年紀小，所以她在被棄屍的廁所裡成爲都市傳說，只會偶爾回應呼喚她

的人，或許寂寞、或許也是一種等待救援。

當然，花子也有凶殘版的，不過拿刀出來追殺這個實在匪夷所思，而且傳說的起源在日本，每個縣市的花子都不一樣，這也很有趣。

但無論如何，「廁所裡的花子」這個都市傳說大抵還是令人悲傷的……小朋友還是不要亂跑，我們現在的社會環境也不見得多好啊！

以悲傷的起源爲發想，這是屬於我的「廁所裡的花子」，還希望您會喜歡。

這本書在二〇一七的書展首發，今年在奇幻基地在書展也有簽書活動呢，最令我期待的是我準備的抽獎禮，只有兩樣的絕對對對精美限量禮，象徵一種承先啓後的特殊禮物，希望看著這本書的您有抽到喔，科科。

最後，誠摯的感謝購買本書的您，購書是對作者最直接且有效的支持，因爲這樣的行動，我們才能繼續寫下去，萬分感謝。

願我所有的天使們，二〇一七事事順心，身體健康。

笭菁

境外之城 068

都市傳說 第二部1：廁所裡的花子

作　　者／笭菁
企畫選書人／張世國
責任編輯／張世國
發 行 人／何飛鵬
總 編 輯／王雪莉
業務經理／李振東
行銷企劃／周丹蘋
法律顧問／台英國際商務法律事務所　羅明通律師
出版／奇幻基地出版
城邦文化事業股份有限公司
台北市 104 民生東路二段 141 號 8 樓
電話：(02)25007008　傳眞：(02)25027676
網址：www.ffoundation.com.tw
e-mail：ffoundation@cite.com.tw
發行／英屬蓋曼群島商家庭傳媒股份有限公司城邦分公司
台北市 104 民生東路二段 141 號11 樓
書虫客服服務專線：(02)25007718・(02)25007719
24 小時傳眞服務：(02)25170999・(02)25001991
服務時間：週一至週五09:30-12:00・13:30-17:00
郵撥帳號：19863813　戶名：書虫股份有限公司
讀者服務信箱 E-mail：service@readingclub.com.tw
歡迎光臨城邦讀書花園 網址：www.cite.com.tw
香港發行所／城邦（香港）出版集團有限公司
香港灣仔駱克道 193 號東超商業中心 1 樓
電話：(852) 2508-6231 傳眞：(852) 2578-9337
馬新發行所／城邦（馬新）出版集團
【Cite(M)Sdn. Bhd.(458372U)】
11, Jalan 30D/146, Desa Tasik,
Sungai Besi, 57000 Kuala Lumpur, Malaysia.
電話：(603) 90578822　傳眞：(603) 90576622

封面內頁插畫／豆花
封面設計／邱宇陞工作室
排　　版／極翔企業有限公司
印　　刷／高典印刷有限公司
■2017 年（民 106）2月2日初版一刷
■2023 年（民 112）12月22日初版15.5刷

售價／280元

國家圖書館出版品預行編目資料

都市傳說 第二部 1：廁所裡的花子／笭菁著.--初版.--台北市：奇幻基地出版；家庭傳媒城邦分公司發行；2017.02（民106.02）
面：公分. –（境外之城：68）
ISBN 978-986-94076-3-2（平裝）

857.7　　105024123

ISBN 978-986-94076-3-2

Printed in Taiwan.

廣　告　回　函
北區郵政管理登記證
台北廣字第000791號
郵資已付，免貼郵票

104台北市民生東路二段141號11樓

英屬蓋曼群島商家庭傳媒股份有限公司城邦分公司 收

請沿虛線對摺，謝謝

每個人都有一本奇幻文學的啓蒙書

奇幻基地官網：http://www.ffoundation.com.tw
奇幻基地粉絲團：http://www.facebook.com/ffoundation

書號：**1HO068**　　書名：都市傳說第二部1：廁所裡的花子

15 annual

奇幻基地15周年龍來瘋慶典

集點好禮獎不完！還可抽未來6個月新書免費看！

活動期間，購買奇幻基地作品，剪下回函卡右下角點數，集滿點數，寄回本公司即可兌換獎品＆參加抽獎！

集點兌換辦法

2016年6月起至2017年12月20日前（郵戳為憑），奇幻基地出版之新書，剪下回函卡右下角點數，集滿點數貼至右邊集點處，寄回奇幻基地，即可兌換贈品（兌換完為止），並可參加抽獎。

集點兌換獎品說明

5點：「奇幻龍」書擋一個（寬8x高15cm，壓克力材質）

10點：王者之路T恤一件（可指定尺寸S、M、L）

回函卡抽獎說明

1.寄回集滿5點或10點的回函卡，皆可參加抽獎活動！回函卡可累計，每張尚未被抽中的回函卡皆可參加抽獎。寄越多，中獎機率越高！

2.開獎日：2016年12月31日（限額5人）、2017年5月31日（限額10人）、2017年12月31日（限額10人），共抽三次。

回函卡抽獎贈書說明

中獎後，未來6個月每月免費提供奇幻基地當月新書一本！

(每月1冊，共6冊。不可指定品項。)

特別說明：

1.請以正楷書寫回函卡資料，若字跡潦草無法辨識，視同棄權。

2.本活動限台澎金馬。

【集點處】

1	6
2	7
3	8
4	9
5	10

（點數與回函卡皆影印無效）

為提供訂購、行銷、客戶管理或其他合於營業登記項目或章程所定業務之目的，英屬蓋曼群島商家庭傳媒(股)公司城邦分公司，於本集團之營運期間及地區內，將以電郵、傳真、電話、簡訊、郵寄或其他公告方式利用您提供之資料（資料類別：C001、C002、C003、C011等）。利用對象除本集團外，亦可能包括相關服務的協力機構。如您有依個資法第三條或其他需服務之處，得致電本公司客服中心電話(02)25007718請求協助。相關資料如為非必要項目，不提供亦不影響您的權益。

個人資料：

姓名：________________________ 性別：□男 □女

地址：________________________

電話：________________ email：________________

想對奇幻基地說的話：________________________

____

請剪下右側點數，貼於集點處，集滿5點以上，即可寄回兌換抽獎